爾今奇譚(じこんきたん)

或る家族の物語 ［再会］

Jikon Kitan One Family's Story

はなぶさ皐月

文芸社

父と子

プロローグ

『人生の醍醐味とは、予期せぬ再会である』

そんなことを言った人がいるらしいが、果たして今回のケースは含まれているのだろうか？

男の名は康司。三十一歳独身で製造業の会社員。趣味は中学時代から始めた野球で、今でも中学時代の友人が作った草野球チームに所属している。6番でショートが定位置。

そんな康司は昔から体を動かすのが好きで、休日には野球の練習かランニング。またはジムに行くのがいつもの行動パターン。常に体を動かしているおかげか、仕事にも良い影響が出ており、どんな時でも身と心が俊敏に対応できるようになっている。

康司は現在、製造系の中小企業で働いており、事務作業をこなしたり、外回りに出たりと製造部門員としてだけでなく、その行動力と俊敏性を遺憾なく発揮している。

そんな康司が体を動かした後に必ず行くのが銭湯。康司曰く、汗をかいた後の銭湯がたまらなく癒されるとのことで、熱などがあって体調が悪いことでもない限り、ほとんどの休日に銭湯へ行くのであった。

その銭湯で、奇妙な再会が待っていた。

少年

その日も、いつもと同じように過ごした日曜日だった。草野球の練習試合が、近くの市営公園内にある球場で行われ、康司は試合前の朝練から参加していた。

ウォーミングアップを兼ねて自転車で球場に向かう。大きなカバンには野球の道具と、銭湯に行く用意が入っている。

昼前から始まった練習試合では、6番ショートとして活躍し、打つ方では3安打1打点。守備では三つの併殺の起点となった。康司自身としては6回表の守備で、キャッチャーでありこの草野球チームの監督である南とのアイコンタクトで2塁走者をアウトにしたプレーが気に入っている。このプレーが相手チームの流れを断ち切ったと思っているし、6回裏の逆転劇もこのプレーからだと確信している。

逆転勝利した後は、チームメイトと関係者の皆で少し遅めの昼食。

大手餃子専門店に入ったのは二時を過ぎていたが、ちょうど他の客もいなくなったところで隣り合わせの座席三つ分が空いていた。選手十一人とその家族や彼女などがいて、今回も総勢で二十人を超えている。賑やかな昼食会で、選手や応援者が笑いを交えながら試合を振り返る。

「あのミスはないで！」

一人が言い出せば、他のメンバーもそうだそうだと食事をとりながら笑顔で会話に加わってくる。

「いやいや、それよりもお前が盗塁って？　こっちがビックリしたよ！」

苦し紛れに言い返した言葉に全員が大爆笑する。逆転勝利の後もあってか、お互いに何を言い合っても笑いで済む。周りのメンバーも爆笑するとあって、更に会話に拍車がかかる。試合後なのに、どこにそんな体力があったのかと呆れるほどの宴が続いていく。


気が付くと注文した食事はすべて平らげ、心地よい満腹感と充実感が辺りを満たしていた。

「じゃ、そろそろ解散しようか？」

周りの状況を観て、監督の南が大きく伸びをしながら切り出した。

メンバー一同は、徐に帰り支度を始める。満腹感と充実感、それに遅れて疲労感が出てきたせいか、先程までの勢いは誰にもない。

ことである。

「お疲れ～」

支払いを順次、手際良く済ませたら大手餃子専門店の駐車場で解散。これも毎回のことである。

――さてと。

康司はメンバーの輪から静かに外れると、自分の自転車に跨った。

まだ、メンバーの一部は駐車場内で会話を続けている。そのメンバーと家族や恋人とのやり取りを遠目に見ていると、微笑ましくもあり、また、羨ましくも感じる。

康司は一息、大きく鼻で息を吐き出して自転車を漕ぎ出した。

自転車を漕ぎながら銭湯に向かう途中、いろんなことが頭を過った。

今までのこと……中学、高校時代の出来事。大学での一人暮らしのこと。

就職して六か月後、父親のガンが発覚。一か月後にはあっけなく亡くなったこと。それが原因で体を壊し、会社を辞めたこと。そして、亡き父の友人が経営する今の製造企業に入社したこと。

今現在から未来のこと……。このまま今の草野球のメンバーと仲良く年を重ねていけるのか？　昨今の社会情勢を鑑みて、今の製造会社で働き続けて大丈夫なのだろうか？　かと言って、特に不満もある訳でもない。

家族のこと。

姉夫婦と姪のこと。その姉夫婦と住んでいる母のこと。そして自分の結婚と将来のことそれぞれが断片的で、まとまりがなく、特に何かについて深く考えた訳でもない。

ただ、記憶の整理をし、その整理された記憶から将来を展望したい、もしくは展望できる状況を無意識に創り出したいと思っていたのかもしれない。

気が付くと、銭湯は目の前だった。康司はいつもの定位置に自転車を停めて振り返り、鋭く射してくる赤い夕焼けを手で遮った。

——今日も良い一日だったなぁ。

そう心で呟いて、カバンを担ぎ、銭湯の暖簾をくぐっていく。夕方の五時前との時間帯もあって、客は少なそうだ。入り口の靴箱のカギはほとんどが付いたままになっている。

自動販売機で大人一人のチケットを購入すると、番台に座る中年女性とは顔をあわせないように、そそくさと男湯と書かれた暖簾をくぐる。

実はこの銭湯の雰囲気や、湯質は好きなのだが、番台に座っている初老のおばさんが嫌いなのである。そのおばさんの番台に座っている様子から、仕事に対する熱意や姿勢などが一切感じられないからだ。早い話、仕事をしているようには見えないのである。いつもウトウトと居眠りをしているし、起きていればお客と別のお客の悪口を大声で言ってみたりと、いちいち癇に障る。

　康司は同じ働く者として、あんな人間にはなりたくないと常に思っている。だから、なるべく接触がないように番台前を通り抜け、脱衣所に直行する。脱衣所に入れば、急に気持ちが軽くなる。

　暖簾のかかった通路を進むと、脱衣所があり、ロッカーが設置されている。ここのロッカーはこぢんまりとした小さ目の造りで、縦四段横三列の十二個が計五台並んでいる。スーパー銭湯にある縦長のロッカーに比べると使い勝手は悪いが、康司には気にならないことだった。いつも利用している5番の脱衣ロッカーは誰かに使われていたので、今日はそのとなりの9番ロッカーを使った。

　数秒で裸になると、銭湯道具とタオルを持って浴場へ。ガラッと引き戸を開けると、銭湯特有の匂いと湯気を感じ取った。ざっと周りを見回しても、五人ほどしか客はいないようだ。

　今日も朝から練習をし、昼前から試合をしと、一日汗まみれになっていた体に念入りなかけ湯をする。周りのお客が少ないことを再度確かめて、立ちながら豪快に何度も頭から湯をかけた。

「うは～、気持ちいいぃっ！」

頭を小刻みに振りながら思わず口から言葉がこぼれた。

さて浴槽に入ろうかと身を乗り出した時、康司はふと自分に向けられた視線に気が付いた。

一人の少年が康司を見ている。

少年は父親らしき男と奥の天然ハーブが配合された浴槽に入っていた。

康司は悪い見本を見せてしまったかとばつが悪そうに目を逸らすと、申し訳なさそうにゆっくりと浴槽に入った。右足が膝まで入った瞬間、もう我慢できないと言わんばかりに、一気に肩まで湯船に体を沈める。

――あぁ、やっぱり気持ちい～い。

心の中で歓喜の雄叫びをあげながら、お湯を両手ですくい勢いよく顔を洗う。二度、三度と顔を洗い、爽快感を口から吐き出すように息を出し、濡れた髪をかき上げた。

――はぁ、最高～っ！

そう思いながら目を開けると、またもや先程の少年が康司をじっと見ていた。

――はいはい、悪い見本でゴメンね。でもね、君も大人になれば今の俺の気持ちが理解るようになるからね！

開き直ったように心の中で言い訳すると、少年から目を逸らして頭をポリポリと掻いた。暫くは少年が視界に入らないようにポジショニングしてお湯に浸かることにした。

実は、康司とこの少年は初対面ではなかった。父親に連れられて銭湯によく来るようで、何度か挨拶をしたり、父親を交えて三人で話をしたこともある。

その時は、父親が康司に、

「兄ちゃん、日焼けして逞しい身体してはるけど、何かスポーツしてんのかな?」

と、関西弁で話しかけてきた。なんでも息子に何かスポーツをさせたいと考えていた頃だったらしく、見るからにスポーツマンの康司に声をかけたとか。康司は、銭湯ならではのこういったやりとりが好きで、話しかけられると人当たりの良さもあって、色々と話しこんでしまうこともしばしばである。

確かその時の話からすると、少年の名は竜斗。もうすぐ九歳になる小学三年生。去年までは大阪に住んでいたそうで、その時までは手のかかるやんちゃな子供だったらしいが、父親の転勤でこちらに引っ越してきてから急に人が変わったかのように大人しくなってしまった。父親としては、その変化が気になるようで、スポーツを始めれば元の活発な気質が見られるのではないかと期待しているようだった。

父親が康司を見つけると、笑顔で挨拶をしてきた。

「こんにちは~。今日も野球?」

会話をする時に見せる人の良さそうな笑顔が、相手の気を和ませる。話しかけられた相手は思わず緊張を緩めてしまう。康司はにこやかに返事をすると、父親と竜斗少年が入っているハーブ湯まで移動し、一気に今日の野球の様子を実況する。

康司自身が本当に楽しそうに話をするので、父親は食い入るように話に入ってくる。今日の朝練から話が始まるのだが、父親が話し手をその気にさせるような絶妙な頷きや相の手を入れてくるので、康司は更に興奮気味に、少し脚色して話す。もちろん、多少大袈裟に話すのは、竜斗少年に興味を持って欲しいからであり、父親もそれを望んでいることを理解した上でのことである。

話の途中で、竜斗少年の様子が気になりチラッと目を向ける。野球の話は試合内容に入り、6回の山場に差しかかろうとしていた。退屈そうに、暇そうにしていないか？それとも興味を持って話に耳を傾けてくれているか？

しかし、竜斗少年の表情は康司の予想の範疇にはないものだった。竜斗少年は、康司と父親の会話を見守るかのように大人びた、いや、むしろ大人そのものの雰囲気で微笑んでいた。

――……えっ⁉

一瞬引きつってしまい、言葉が詰まったが、竜斗少年に悟られないように誤魔化しながら父親に話し続けた。もう、こうなってしまうと竜斗少年の方には向けずに、ただただ父親に向かって話し続けてしまう。話は逆転勝利に至り、その喜びがいかに素晴らしいモノかを力説し、改めてスポーツの素晴らしさと意義を表現する。

興奮冷めやらぬように一気に捲し立てた後、一息呼吸を整えると同時に竜斗少年を見てみる。しっかりと目が合う。その顔には包み込むような微笑みが浮かべられており、嬉しそうに二回ウンウンと頷いた。

康司にはその微笑みが不気味に映った。とても子供がするような微笑み方ではなかったからである。

康司の野球の話の内容であったり、話し方に満足して笑っているのではなく、明らかに康司が野球を通して喜びを悟ったことに喜びを見出している。そんな微笑みである。そんな竜斗少年の子供離れした雰囲気に、ついに大人二人は唖然となり、口をポカンと開けたまま竜斗少年に見入ってしまった。

あんなにも盛り上がって会話していた大人二人が沈黙して数秒。

狐につままれたような表情で自分を見つめる大人二人の視線に我を取り戻した竜斗少年は、明らかにしまった！　というような驚きの表情を浮かべた。慌てて、

「お、お兄ちゃん、すごいね！　ね、お父さん？」

父親と康司の間で何度も顔を振りながら言った。

「あぁ、そうだね」

未だに上の空の父親がとりあえず応える。その様子を見てか、竜斗少年は偶然目に入ったウォータークーラーを指さして、

「ぼ、僕、ちょっとお水を飲みに行ってくるね。の、喉が渇いちゃった～」

と、その場を支配する気まずさからそそくさと逃げ出す。その逃げ方も子供とは思えないほどの動転ぶりで、タタタと走りながら何度もこちらの様子を横目で確認していたのだった。

竜斗少年がウォータークーラーに向かって小走りで行く後ろ姿を無言のまま目で追う大人二人。二人は視線そのままで、沈黙していた。

康司は次の言葉をどのように発するかを悩んだ。とても子供とは思えない表情だったが、言い方ひとつで父親の機嫌を損ねかねない。良いように表現しても嫌味っぽく聞こえるし、露骨に不気味とも言えない。しかし、この沈黙のままでもつらい。

「その、なんと言うか……」

喋り出した康司を遮るように父親が口を開いた。

「ちょっと変わってるでしょ、うちの子」

困ったような笑顔で父親が康司の方を向く。

「いや、その……」

ダイレクトな父親の表現に狼狽えて咄嗟に目を逸らしてしまう康司。

「いいんですよ、僕もそう思ってますから。普段は普通の子供なんですが、たまに年齢を偽ってるんちゃうかって感じさせることがあるんですよ」

所々に関西弁を交えながら父親が話し出す。不安を隠すような笑顔で、水を飲むためにウォータークーラーの横に腰掛けを用意している竜斗少年を見守っている。

「なんかね、ホンマにおっさんなんちゃうかって思うことがあるんですよ。とても小学生とは思えないと言うか……」

「はぁ……」

康司も訝しげに相槌を打つ。

「この前もね、晩に嫁さんとテレビを観ながら話をしていた時に、中国史のクイズがあったんですよ。竜斗はちょうど寝てて、小便に起きてきて、眠たそうな顔してましたわ。でね、そのクイズの答えについて僕と嫁さんが知ってる訳ないねんけど出てこない、確かアレはって言ってたらボソッとリョフイって正解を言うんですよ」

すかさず康司は、

「それって、秦の始皇帝の時のあの呂不韋ですか?」

と返事をする。しかし父親は、

「ごめん、僕ら全然中国史とか興味ないねん。ゲームで三国志するぐらいかな。でも、正解の解説でそのようなこと書いてあったんちゃうかなぁ」

「そうですか……」

実のところ、康司は中国の歴史小説が大好きでこの手の話ならそこそこの知識がある自信がある。これは、他界した康司の父である司郎の影響であった。

因みに今の竜斗少年の父親との会話で、話題に挙がっているクイズ番組も予想がついていた。と言うのも、康司自身も観ていたからだ。

「そのクイズ番組って司会が芸人の〇〇ですよね？」

「そうそう。よう知ってるやん」

「僕も観てましたから」

康司はそう答えて改めて、

「でも、それって凄いですよ。僕も死んだ親父の影響で中国史が好きなんですが、あの年齢で呂不韋を知ってるなんて……。歴史の授業でも習わないんじゃないかなぁ」

「そうだよね？　学校の授業で習わなかったよね、そんな人。……じゃ、いったいどこでそんな知識を……」

腰掛けに乗って、やっとのことでウォータークーラーの水に口が届くようになった竜斗少年を見ながら二人は黙り込んでしまう。

大人二人の視線を感じて戻りにくいのか、竜斗少年はずっと水を飲み続けている。

「確かに、今の竜斗は知識をスポンジのような吸収力で覚える年頃だとは思うんだけど、明らかに平均を逸脱しているようにしか思えないんだよ」

父親は心配そうな表情を露わにして語り出した。

「もちろん、もしかしたら、親の欲目かもしれないけど、竜斗は生まれながらにして記憶力が抜群ってこともあるかもしれない。僕ら夫婦に似ずにね」

このような不安に苛まれた状況においてもウィットに富んだ表現で康司の気持ちを和ますことを忘れないのは、生まれが関西だからか。父親は一息置いて、

「でも、急になんだ。竜斗が今のようになったのは……」

隠しきれない畏怖を宿した目で康司をじっと見つめる。

「急に？」

驚きを隠せないまま康司は目を見開いた。

「たぶん、お兄さんとここで初めて会ってからすぐ、竜斗は高熱を出したんだ。四〇度を超えるほどで、急いで入院したんやけど、治療を受けたらすぐに熱が下がって、二日後には退院したんだ。でも、その日からこう、なんて言うか、ちょっと変わった気がするんだよね」

康司から目を逸らし、ゆっくりと首を回して竜斗少年を目で捉える父親。その動きにつられるように康司もゆっくりと竜斗少年がいる方向に首を回した。

この三者の間に不可思議な空気が漂っている。

その空気を打ち破ったのは、一人の老人だった。今しがたまで洗い場にいたのだが、体を洗い終えて浴槽に向かう途中で竜斗少年に声をかけたのだった。

「お～、坊や、ちょっと飲み過ぎやね～。そんなに飲んで大丈夫かい？」

ニコニコと笑顔で話しかけると、竜斗少年は老人の方を向き、エヘへと照れ笑いを浮かべて恥ずかしそうにその場を離れた。笑顔のまま急ぎ足で、父親と康司の方に向かってくる。康司はその姿を目にすると、不思議と疑っていたことが馬鹿らしく思えた。

竜斗少年が近づくにつれて、大人二人の会話は自然と止まっていた。康司は一息大きく鼻で呼吸すると、ゆっくりと父親の方を見る。父親も同じ気持ちのようで、アイコンタクトで確認して頷く。竜斗少年が戻ってくると、

「ちょっと水飲み過ぎちゃうか～」

笑顔でからかうように注意すると、「は～い」と、また照れながら反省の姿勢を見せた。

――考え過ぎかな？

関西独特の親子の会話が繰り広げられ、それを目の当たりにしたら、そうとしか思

えなかった。自嘲気味に鼻で笑うと、取り直したかのように、

「よし、今日はもう帰ろう！」

と竜斗親子に聞こえるように声を出して、勢いよく湯船から立ち上がった。少しフラッとしたのは話に夢中で長湯したせいだろう。

「お、もう帰りはるの？」

先程までのヒソヒソ話がなかったかのように明るく父親が康司に尋ねる。それにつられるように、

「はい、今日はもう失礼します。野球について熱く語り過ぎて長湯してしまいました。ちょっとフラッてきてます」

困ったような笑顔を浮かべながら答える。

「リュウちゃん、お兄さんがもう帰りはるって。ちゃんと挨拶しぃや」

竜斗少年の肩を抱きながら挨拶を促す父親。挨拶をするという教育はこのような実践の場から始まり、かつ何度も繰り返す必要があることを康司も理解している。

挨拶や礼儀に厳しかった父や野球を通して礼節を身に付けていたし、その教育こそが竜斗少年のような年齢までに修得すべきであることも分かっているからこそ、父親の言葉を聞いて自分のすべき次の行動も自然と行うことができた。優しい眼差しを向けて、竜斗少年から別れの挨拶をされるのを静かに待った。

――えっ？

康司の顔を見上げようとゆっくり顔を上げた竜斗少年の表情に、大人でも醸し出し難い哀愁が見て取れた。まるで、愛しい家族ともう会えなくなるのではないかと心配するかのような、また、大事な何かを目の前で失うのではないかと畏れるかのような、そんな深い苦悩を表情に浮かべていた。

父親の位置からでは見て取れない上に、ほんの刹那の出来事だった。たった一瞬ではあったが、驚きのあまり呼吸が止まった気がした。

――やっぱりこの子は……。

新たな疑問が生じそうになったその時、

「お兄ちゃん、さよなら。またね～」

少年そのものの笑顔で竜斗少年が手を振る。

「……お、おう。さようなら。またね」

一瞬間が空いたが、康司は平静を装いながら自分の役目を果たした。

胸中ざわめく康司の気持ちも知らず、父親はしっかりと挨拶のできた竜斗少年と、挨拶の教育を実施してくれた康司のやりとりに気を良くしていた。

「じゃ、お兄さん、また。まぁ、僕らももうすぐ出るけどね」

ハハハと笑いながらピンと伸ばした手を額の前に持ってきて、敬礼のようなポーズをとった。

「は、はい。また。失礼します」

礼儀正しく一礼してその場を後にしたが、康司の胸の中は釈然としなかった。

特に竜斗少年が最後に見せた刹那の表情が、ほぼ振り払いかけていた気味悪さを引き戻すだけでなく、更に倍増させてしまったからである。

――あんな気味悪い子供がいるとは……。

早くこの場を離れたいと無意識にバスタオルで体を慌てて拭き出す。人間、不確かなモノに対してはこんなにも不安になるものなのか。竜斗少年の言動は常識の範疇を脱しているようにしか思えない。想定外過ぎることが不安を煽り、中途半端に耳にした父親からの情報が、不安の広さに深さまで付け加えてしまう。

康司は、竜斗の何が自分の心を掻き乱すのかが分からない。だが、少しでも早くこの場を離れたい気持ちが体を動かし始めていることには気付いていた。邪推する速さが加速して、時間の感覚がマヒした頃にはもう衣服を着終えていた。身体をきれいに拭き取れていないままだったこともあり、シャツやボクサーパンツはベッタリとへばり付いている。

帰りの身支度をしようと、お風呂道具を無意識に整え、バッグに着替えを詰め込んでジッパーを閉じようとした時、竜斗親子が浴室から脱衣所に戻ってきた。日常生活でも、一度別れの挨拶を伝えてから偶然会うとちょっと気まずい雰囲気が流れるが、この時の康司の気まずさは計り知れないほどだった。むしろ、気まずいと表現するよりも気味悪くて会いたくないといった感じだったであろう。そんな康司の気も知らず、竜斗少年の父親は、

「お、まだおったんやね～」

と言わんばかりのニヤケ顔で康司を見ていた。康司はそのニヤケ顔に少し引きつった笑顔で返答する。なるべく竜斗少年は見ないようにしていた。

竜斗少年と父親は脱衣所にある体を拭いたり雫を切る場所でタオルを絞り、各々の体を拭き始めた。脱衣所の床が濡れて、転倒などの事故につながらないようにするためのマナーである。風呂屋に足がよく向く利用客なら当然の配慮であり、昔からの風習である。普段の康司なら通常はこの行為を行ってから脱衣所のロッカーまで来るのだが、今日はうっかり、と言うか、すっかり忘れていた。足元が随分と濡れている。竜斗親子がマナーを守っている姿を見て、

――しまった！

と思い、急いで使い終わってバッグに押し込んだバスタオルを取り出して拭き取ろ

うと考えたが、やはり気味悪さが先行してしまい、バッグからバスタオルを出す以外ですぐに拭き取れる方法はないかと脱衣所の周りを見回した。常連の康司はすぐに、脱衣所の隅っこに置かれている従業員用のモップを見付けた。

　その康司の様子を見た竜斗親子は康司の足元を見て、康司が何を探し、何をしようとしているかを推測した。竜斗少年は体を拭き取る手を止めて、じっと見ていた。父親は体を拭きながら、康司の行動を見ていた。父親は康司の様子を見て、猶更、康司のことが気に入ったように頷いていた。

　自分の行動に間違いがあったと気が付いた時、次に取る行動如何でその人間の価値が決まると竜斗の父は考えている。その考えからすると、康司は信用するに足る人物であると改めて感じた。

　普段の接し方や話し方では非常に好印象なのに、ふとした時に垣間見える行動でがっかりすることは多い。いや、むしろそのような時の行動こそが、人の本質を顕すと言っても過言ではないだろう。康司が濡れた床を拭き取る姿を見てホッとした感がある父親は、その姿を凝視して動かなくなった竜斗少年の体を拭き始める。

「リュウ、手が止まってるぞ～。はよせな、風邪引くで」

　竜斗少年の前に回り、膝を折って竜斗少年の頭をバスタオルでゴシゴシと拭き出す。

　その父親の声が康司の耳に入る。竜斗少年がじっと自分を見つめていることを再確認した康司は、床を拭き終わると居所悪そうにモップを元の位置に戻す。

ずっと目を合わせないでいた康司だが、チラッと竜斗親子の方に目をやる。脱衣所の端に移動した康司と対面の位置にいた父親は、自分の息子の背中を念入りに拭きながらニコッと微笑み頷いた。床の水を拭き取った行動を褒めてくれたのだと、その笑みと頷きから読み取ることができた。

些細なことではあるが、自分の行動を認めてもらえることは、本当に嬉しいものであり、この時の康司も嬉しくて照れ笑いを浮かべた。


その気持ちのまま、視線を下ろす。父親に背中を拭いてもらっていながらも、こちらを見て微動だにしないでいる竜斗少年と目が合う。竜斗少年の目は何の感情もこもっていない冷ややかなものだった。ただ、淡々とその様子を見ていた、いや、監視していたかのような眼差し。

康司は思わず息を呑んだが、次の瞬間に背筋が凍った。時の流れが凍結し、止まった。そのようにしか感じられなかった。直前に竜斗少年の取った行動は、簡単なアイコンタクトだった。一瞬だけ右目だけを大きく見開いて、左目を細める。それに伴い、顔が少し歪む。ただ、それだけだった。だが、その仕草は康司に対して、竜斗少年の父親とは全く違う評価を示していた。

康司の取った行動をギリギリで許す、そんな無愛想な容認だった。たった一瞬だけの仕草とアイコンタクトだけで、なぜにここまで康司は感じ取れたのか？　それは、康司の今は亡き父、厳しかった司郎の癖と全く、寸分違わず一緒だったからである。

——オヤジと同じジェスチャー？

それ以外は何も考えられなかった。虚を突かれて立ち尽くすとはこのことか。

康司は驚いた時はいつも口を「お」の字に開く癖がある。この時も知らず知らず口を開けっ放しにしていた。その間、康司の記憶が、彼にしか見えないビジョンで映し出される。司郎が同じ仕草をしている記憶が、色々なシチュエーションで目の前に浮かぶ。

＊　＊　＊

康司の記憶の中で、父司郎のアイコンタクトで一番印象に残っているシチュエーションは、小学校低学年の頃に行われた休日参観日。当時、中小企業で中軸となって働く父司郎は、休日・昼夜を問わずに働き、仕事が生きがいと言わんばかりの働きぶりであった。しかし、この日だけは事前にしっかりと調整しての参加であった。

その日の授業参観は道徳の授業で、題材までは覚えていなかったが、確か村の人々が生き延びるために無実の人間に罪を着せ貶める内容だった。そして、その貶められた者は一言の恨みも口にせず、村を守るため犠牲になる。その後、村の人々は己の所業に悔い、悩むという結末だった。担当の女性教師、羽富先生は、いつになく緊張した面持ちで授業を進め、一つの質問をした。

「村人は自分達が生き延びるために、このようなことをしました。このようにしなければ、村そのものが取り潰されるかもしれないとはいえ、他に方法はなかったのでしょうか？　それとも村と大勢の人を守るためには仕方なかったのでしょうか？」

参観に集まった保護者の目を気にした様子もあったが、生徒の顔を見回しながら大人でも即答できないような問い掛けを投じた。普段なら色々と意見が出るところではあるが、流石に親が見ているとなると挙手もなく、生徒達はザワザワとするだけで発言しにくい雰囲気だった。重い沈黙に一番耐えられなかったのは羽富先生だったようで、クラスで一番成績の良い生徒をいきなり指名した。彼ならば模範的な解答をしてくれるものだと思っていたのだろう。

しかし、彼の父親はクラスでも有名な厳しいお父さんで、彼自信が父親の前で間違ったことは言えないとの思いからか、足が震えて声が掠れるほど極度に緊張してしまい、全く的外れな意見を言ってしまった。その発言を聴いて、教室は一瞬静まり返ったが、直後に笑いが起こり、張り詰めた雰囲気は一気に霧散した。そうなると、今まで出方を窺っていたクラスメイトが徐々に発言しだす。

しかし、概ねの意見が村と大勢の人を守るためには仕方がない状況だったとの見解だった。羽富先生はクラスメイトの意見をまとめると、確かに仕方なかったと思うし、自分が村の人間だったら同じことをしたと思うと言及した後、

「でも、本当に仕方なかったのでしょうか？　村の皆で協力すれば、他に方法があったのではないでしょうか？」

そう問題提起して、生徒一人ひとりを見回した。康司も羽富先生と目が合い、ギュッと胸が締め付けられる想いがした。沈黙に包まれた教室を驚かせたのは、授業終了のチャイムだった。

キ～ンコ～ン、カ～ンコ～ン

教室内の全員がホッと息を吐き、緊張した空気は一気に掻き消え、笑顔と笑い声がこぼれた。羽富先生もどこかやりきった達成感を表情に浮かべながら、終礼の指示を出し始め、その合間を見ては参列した保護者に挨拶をしに動いた。

その帰り、司郎と康司は自宅マンションまでの道のりを歩いていた。康司は不機嫌な司郎に気付いていたから敢えて話しかけなかった。普段はジョーク好きでよく喋る司郎だが、不機嫌な時は黙り込む癖があった。なんとなく、康司は司郎が不機嫌な理由も察していた。自宅までの道のりが半分を過ぎた頃、大きく息をついて司郎が喋り

出した。

「なぁ、ヤス……」

予想していたとはいえ、狼狽える康司はビクッと肩を震わせた。無言で司郎の方を向く。

「今日の授業で、お前は意見を言わなかったけど、お前はどう思ったのか聴かせてくれるか？」

「僕は……」

進行方向を向いたままで、表情も変えず、淡々と司郎は訊いた。

予想通り過ぎる質問に、かえって驚いた康司だが、自分なりの答えを素直に吐き出した。

「仕方ないって思う気持ちもあるけど、もし僕が村の人なら、嫌だと思う」

「どう、嫌なの？」

間髪いれず、司郎は問う。

「……先生も言ってたけど、他の方法を探しもせずに青年のせいにしたこと」

その答えを聴いた時、司郎は歩きながら康司に顔を向け、何も言わずに康司を見た。うんうんと小さく頷きながら、右目だけを大きく見開いて、左目を細めた。康司が今までも、何度も見てきた父親の仕草であり、この仕草はギリギリ許されたことを意味していることも十分理解していた。しかし、いつもながらその次があることも予期している。

「そうか……。なら、どうして自分の意見を言わなかったの？」

康司は自分の考え方について司郎から意見されるとばかり予想していたので、虚を突かれた。思わず黙り込み、口を「お」の字に開いてしまった。

「え、その、みんなと同じような意見だったし、でも……なんか嫌だって言ったらどう思われるかって思ったら、言わないでもいいかなって……」

そこまで康司がオドオドしながら言うと、司郎は細い目を力ませて、

「自分の意見があるんなら、ちゃんと言わないとダメでしょ」

声の大きさは変わらないが、声の重みが違う。怒りに任せて怒鳴るのではなく、真摯に諭す。相手が十歳ほどの年端の少年であったとしても、真剣に想いを伝える時は、伝える側の大人こそがこのような態度でなくてはならないと司郎は考えている。

「道徳の授業ってのは、答えがあるようでないんだ。それは、そこにいる人の数だけ答えがあるからであって、必ずしも答えが算数のように一つしかないってモノじゃないからだ。だからこそ、自分の意見を皆に伝える必要があるんだし、違う意見を聴くことから今までは考え付かなかった答えが見付かるかもしれないよね」

一息入れると続けて司郎はさらに息巻いて喋り出す。

「もし、ヤスがあの時、上手に説明できなくても、仕方ないけど嫌だって言ってたら、同じ想いを言わないけど持っていた友達が僕もそう思いますって言ってくれたかもしれない。そうしたら、同じ意見の人が増えて皆で知恵を絞って解決策を考えられたかもしれないよね？」

司郎は力説しながらも、康司に分かりやすいよう言い回しや表現を配慮し、康司の反応を確認しながら話し続ける。ここでは問い掛けを入れて、コクンと頷く康司を見て取り、

「だからこそ、自分の意見は言わなくちゃいけないんだよ。間違ってたらどうしようとか、雰囲気だけ感じ取って意見を言わない方がいいかなって、そんなところで遠慮なんかしてたら自分でしっかりと考えているのに、勿体ないよ」

司郎は今この時のことだけを言っているのではなかった。康司が成長して、大人になる過程で通過する激動の現代社会を見据えて伝えている。

事実、司郎が勤める運送会社にも時代の流れが押し寄せている。作業のシステム化。関連機械のハイテク化。現場で働く世代の老年化と、若年層離れ。法律が制定されても改善されない賃金と労働条件。その問題一つ一つが、他の問題と複雑に絡み合い、快刀乱麻を断つなんて言葉が程遠い状況で働き続けなくてはならない。

そんな状況で働き続けるためには自分の意見という意思表明を明確にしていかなく

てはならないことを司郎は痛切に感じている。

司郎が働く運送会社にも多くの社員がおり、中小企業の部長として働く彼の元には三十名近い部下がいる。その中には年齢を問わず、意思を示さない者もいる。ただ、指示された仕事だけをこなすだけの者もいる。大事な質問には全く反応を示さないくせに、どうでもよいところで文句ばかり撒き散らす者もいる。このような部下は、申し訳ないが次のリストラ候補である。そしてこのような大人に康司にはなってもらいたくない。もちろん、学問ができて、仕事さえできればなんでもいいと考えている訳ではない。

実際、今の直属の部下で一番気にかけているのは高卒で入社してきた菊井である。偏差値もごく普通の高校で、普段から寡黙ではあるが、自分なりに考え、意見を出す姿勢に見所があると感じた。特に良いと思ったのは、仕事でも他のことでも分からないことがあったら分からないと答えるが、次の日には自分なりの答えを持ってきて司郎に聴いてもらうことだった。

このような姿勢の持ち主は、見る見る業績を上げていき、入社して五年経った頃には誰もが認めるエース、稼ぎ頭にまで成長した。自分が育てた部下ではあるが、その部下から改めて学んだことの方が大きかったと思っている。一人の親として、子供に伝えなくてはいけないのは、算数の答えや、歴史の年号などではなく、こういうことであると確信した。

「じゃ、ヤス。次はしっかりと自分の意見を言ってよ」

ニコッとその場の緊張をかき消す笑みが、この話の終了を意味する。しかもこの時はニヤケながら、右目だけを大きく見開いて、左目を細めた。その意味を理解した康司もつられて笑顔でウンッと頷いた。

＊　＊　＊

この時の記憶だけではなく、他のエピソードも断片的に脳裏に浮かんだが、その殆どが、司郎が右目だけを大きく見開いて、左目を細めた瞬間だった。

一瞬で頭の中を駆け巡った記憶が、時の流れを止めるほどに康司を混乱させる。止まった空間の中で、必死に自分を取り戻し、情報を整理しようとする康司。こういう場面での咄嗟の判断は、野球での勝負時に経験している。亡き父親と同じ、全く同じジェスチャーをする少年。その少年は、とても十歳前の思考ではない発言と行動を時折見せる。この少年は時々、近くの銭湯で出会う。それ以外には接点はない。

……じゃ、なぜ？　なぜこんなにも驚く必要があるのか？

落ち着いて考えろ。

親父が死んで数年。

たまに銭湯で会う、ちょっと変な少年。

同じジェスチャーは……偶然。そう、たまたまの偶然。

俺の考え過ぎ。ただ、それだけのこと。

何か不思議なことが起きる訳じゃない。それは、漫画やテレビの見過ぎ。


そう自分の中で結論付けると、急にバカらしくなってきた。いい年して、なんてことに驚いたのか。

「……は、はは……」

自虐的な笑いが口から洩れると、止まっていた時間が流れ出した。

「お兄さん、どうしたの？　急に止まっちゃって……」

竜斗少年の父親が半笑いで質問してきた。我を取り戻した康司は、

「あ、いや、ちょっとボ～ッとしちゃいました。ははは……」

と汗をタオルで拭きながら取り繕った。

その返答を確認してから、

「それやったらええねん。でも、一瞬目が飛んでたで。なぁ、リュウ?」

竜斗少年の頭を拭き終えた父親が、バスタオルを少年の肩にかけ、そのまま同意を

求めるように覗き込む。

「うん、ちょっとビックリした」

父親の顔を見ようと顔を右上に向けながら答える竜斗少年。右目だけを大きく見開いて、左目を細めたまま無邪気に微笑みを浮かべ、

「何か大事な、昔のことでも思い出したんじゃない？」

その発言の瞬間、またしても康司は度肝を抜かれた。今度は堪え切れず、驚きのあまり腰が引けてよろけた。上半身だけが後に倒れ、それを支えるために足を一歩後ずさった。今回は、亡き父親を思い出したことを的中されたからであるが、体勢を支えきれない。

「ヤス、危ない！」

竜斗少年から咄嗟に出た言葉と手。康司がよろけた後ろには小さな椅子が置いてあり、それに足を引っ掛けるのではないかと心配しての反応であった。人としては当然の反応ではあるが、思わず口から出た康司の名前がさらに康司を驚かせた。しかも、亡き父が呼んでいた愛称そのまま。

もう少しで後方にへたり込む寸前だったが、必死に体を支えようとした手が壁に当たり、倒れこまずに済んだ。しかし、康司の表情は安堵の顔ではなく、今まで以上に得体の知れない恐怖に恐れ戦（おのの）いた顔であった。その康司の様を見た時、竜斗少年に異

変が顕われた。明らかにしまったと驚きと後悔の表情を顔いっぱいに浮かべたのである。

その様子を恐ろしいモノを見るかのようにたじろぎながら直視する康司。

驚きと悔恨の相を留めたまま視線を逸らせない竜斗少年。

康司と竜斗少年の視線がぶつかった刹那、二人ははじけ飛ぶようにほぼ同時に背を向け合った。竜斗少年は肩にかかったバスタオルで顔を隠すように頭髪を物凄いスピードで拭き始めた。まるで、何かにとり憑かれたかのように。

康司はお風呂セットが入ったバッグを引っ掴むと、

「し、し、失礼します！」

と竜斗親子に顔も向けず小走りに脱衣所を出た。

突然の二人の異常行動にあっけに取られた竜斗の父は、ただ、不思議な光景を目にして声も出なかった。数回首を左右に振って見回すと、引きつった笑顔を浮かべながら「は、はは。二人とも変な奴だな～……」と呟いた。二人に何が起きたのかは全く分からないが、奇妙な空気が辺りを包んでいる。

以前から我が子ながらちょっと変わっていると思っていた息子に、間違いなく何かが起こったように感じ取った。

——このままではアカンっ！

いつの間にか普通に衣服を着だした竜斗少年を凝視しながら冷静さを取り戻すと同時に、父親として何が起きたのかを確認しなくてはならないと思い、漠然とした不安は父親の義務感によってかき消された。キッと竜斗少年の方に寄り、肩をグッと掴む。

「竜斗！」

不意に肩を後ろから掴まれた竜斗少年は、「お父さん、痛～い～」と、今まで何もなかったかのように、いや、何も覚えていないかのような顔で振り向いた。全くの別人を思わせる雰囲気が出ており、上手く説明はできないが先程までの竜斗ではないと感じる。このようなことは、初めてではなかった。今までにも何度かあった。

竜斗の言動に違和感を覚え、不気味がってたじろいだ後、勇気を出してそのことを確認しようとすると、その時にはもう、別の、いつもの息子に戻っている。

また今回もか？　と悔しく思うと同時に、今回は今までとは違う。間違いなく自分の息子に何かが起こっていると確信した。それゆえに肩を掴んだ手に更なる力が入った。

「お父さん、痛いって！」

今にも泣き出しそうな声を上げる竜斗少年。父親の手を肩から剥がそうとする。目には涙が溜まっている。

「あ、あぁ。す、すまない」

ふと我に返った父親は慌てて手を放すと、急いで竜斗少年の肩口を確認する。赤く手形が残った肩を申し訳なさそうにさする。

「ごめんごめん、ホンマにごめんやで」

戸惑いと申し訳なさ、そして得体の知れない怖さに引きつった顔で謝ると、泣き出すのを堪えていた竜斗少年の気持ちが解放されたのか、コマ送りのように表情が崩れ始めた。

「う〜」

唇を噛みしめて声が漏れないようにしていたが、ついには「うわ〜ん、うぁ〜ん」と大声で泣き始めた。

「リュウ、竜斗。ごめんごめん。痛かったな、泣かんといて」

困り果てた顔で泣き崩れる我が子の顔を覗き込む。宥めながらも、その様子から違和感を感じ取れないことを確認する。それと同時に、このような奇妙なことがこの先ずっと続くのかと思うと不安になる。

父と子、親子としての信頼関係が築けないのではないかと怖くなる。子供はその感受性の強さから、自分に向けられた嫌疑には敏感に反応する。このままでは、自分の息子を信じられないと言うよりも、疑い続けなくてはならないことに、気が思いやられる。その嫌疑の眼差しが、双方の間に心の隔たりを作ってしまうだろう。

その隔たりは、子供の成長に間違いなく影を落とす。それが分かっているだけに、今、自分達親子が置かれている状況が特異であり、普通ではないことに心が苦しくなる。泣き止まない息子、竜斗を宥めながらも必死に心の平静を保とうとする父であった。

さて、脱衣所を飛び出した康司である。お風呂上がりに健康飲料を買って、一気に飲み干してから帰るのがいつものパターンではあるが、今回は違う。混乱した表情で、一目散に出口に向かう。その足取りはもはや小走りと言うよりも逃走。

靴箱ロッカーでは慌てすぎてロッカーキーが鍵穴に入らず、「あぁ、もう！」と、珍しく苛立つこともあった。慌てふためきながら靴を取り出すと、自転車に飛び乗り、全速力でその場を離れた。

普段の風呂上がりの帰路なら、汗をかかないように絶妙な力加減でゆっくりと進むのだが、すでに全身汗まみれ。しかしその汗は、九割が冷や汗で、体は熱を放っているのに、吐く息は凍えるように冷たく、体は薄気味悪さに震えている。

――ありえない、ありえないっ！

とり憑かれたように何度も呟きながら無我夢中で帰路を疾走する。

いつの間に着いたのだろう。康司は一人暮らしのアパートの自転車置き場に立っており、荷物を強引に引っ張ると、自分の部屋に駆け込んだ。ドアを閉めて施錠して初めて、大きな息をついた。

「はぁ～……」

ドアにもたれかかり、今にも倒れこみそうな体を必死に支える。

一息つくと急に渇きを感じ取り、もう限界だと倒れこむように玄関の床に両手をついた。膝をついて四つん這いになり、息も絶え絶えに、小さい冷蔵庫まで這って行く。途中で靴を脱いでいないことに気が付いたが、それどころではなかった。

体中の水分が蒸発した。本当にそう感じるほどの渇きだった。その上に凍えるほどに寒い。今まで生きてきて、これほどまでに水分を欲したことがあっただろうか。

冷蔵庫から乱暴にペットボトルを取り出すと、物凄い勢いで水分を吸いこむ。もう、飲むというより丸呑み。口に含み切れず、水分は口の端から漏れ出していたが、シャツはすでに汗でビチャビチャであり、シャツも水分を含み切れず、ズボンにまで浸みていった。

口からペットボトルの飲み口を外すと、

「落ち着け、落ち着け……」

何度声に出して唱えただろう。自分の声を自分の耳に聴かせる。

頭が真っ白で、どこから整理すればいいかが分からない。

しかし、次の瞬間に浮かんだのは、いかにして先程までの事象を否定するかだった。

親父は死んだ。

あの竜斗少年は変な子供。

親父と竜斗少年の癖がたまたま、偶然、一致しただけ。偶然？　あんなにも寸分違わず？　そんな可能性って何％？

俺のことをヤスって呼んだよな？

康司は否定しようと頭を巡らすが、考えれば考えるほど、否定しきれなくなる。

死んだ人間が蘇る？

魂は不滅？　輪廻転生？　生まれ変わり？

記憶ダウンロード理論？

自分が知る非現実的な理論が頭の中を飛び交う。非科学的で誰一人として立証できなかった神秘的な発想が、唯一の解決につながろうとしている。かつて様々読んだ歴史小説、ＳＦ小説、幻想的な漫画などの書物から得た知識、更にはテレビやネット、ゲームに至るまで、己が触れたコンテンツすべてを今回の事象に照らし合わせてみる。

――もしかして……。

一つの逸話が思い出された。

二十代の青年が生前の記憶、前世の記憶を一時的に取り戻し、前世での恨みを今世の世界で晴らすといった内容だった。確かに、思い出したのは小説で創り物の話だが、実際にも同じような事例があったことがテレビの特番で放送されていた記憶もある。

まず浮上したのは、あの竜斗少年が父司郎の生まれ変わりで、何らかの理由で前世の記憶を取り戻したというケースだった。

では、他に考えられるケースは？

しかし、この考え以外は何も出てこなかった。あるとしたら、これしかない！　一度そのように決め込むと、他の推測はどれも有り得ないようにしか思えない。その生まれ変わり論でさえ、常識では有り得ないはずなのに。

まず、この生まれ変わり論をベースにして考えを巡らせると、その偶然の確率にあきれて渇いた笑いが口から洩れてくる。

父司郎が死に、竜斗少年として生まれ変わり、そして息子である自分、康司と出会う。世界人口が七十億人を超えた現代で、偶然に出会うだけでも気が遠くなりそうな天文学的数字の確率と言われている。その中で、さらに常識では有り得ない事象の上にこの出会い、いや、再会が行われていたとしたら、これは数学や科学的な説明では表し切れない。それどころか、文章や言語で表現することも不可能だろう。

いや、もしこのような場合に遭遇した際、使われる言葉があるとしたらこれしかないだろう。

「天（神）のいたずら」

有史以前から、人智では考え及ばない事象が起きた時、人々はその解析・分析不能な事象を受け入れるために使ってきた言葉である。その事象が天災など人間にとって有害にしろ、有害でないにしろ、理解不能である場合に使われることが多い。

反対に、人間に対して有益で、涙ぐましい感動の出来事であったなら、それは神の奇蹟と称賛される。

どちらにしろ、人智を超えた事象には神だとか、天だとかいった都合の良い言葉が出てくる。今回の当事者である康司も、〝天〟という都合の良い言葉を使うことで何とか納得しようと決めた。康司の家系は無宗教であるが、その中でも特に康司の中に〝神〟という概念はない。

しかし、〝天〟と呼ばれる宇宙の法則と言うか、自然の摂理のようなモノと言うか、地球の、もしくは太陽系の空間を支配する意思のような何かは存在すると思っている。

その思想は、学生時代に読んだ宮本武蔵の歴史小説の影響下にある。もし本当に神や仏がいるのなら、人間同士の殺し合い、国家間の戦争はあったとしても、悲惨で無慈悲な大災害は起きないと信じている。人類の知恵や力では抵抗することができないような天災を、〝天〟は気まぐれか意地悪で起こす。そして、同じように気まぐれや思い付きで小さな喜びも起こす。

同じように考えれば、何をしても〝天〟に愛される者もいれば、どんなに努力しても〝天〟に嫌われる者もいる。しかし、その〝天〟の好き嫌いも気まぐれや、些細なきっかけで変化する。康司はそう考えている。

そして、歴史上の偉人とは、その努力と強靭な意志をもって自分を嫌っていた〝天〟を改心させる人物だとも信じている。そんな気まぐれで、傍迷惑な〝天〟に康司自身が目を付けられるとは夢にも思わなかった。

未だに半信半疑でありながら、一つの結論にまで考えが到達した。現実的ではない事象ではあるが、何らかの結論が出るだけで、心の片隅に安堵感が生まれる。

冷静さを取り戻しつつある康司は、何度も自分に言い聞かせるように自分の考えを口に出し、冷や汗とこぼした飲料水で濡れた衣類を脱ぎ始めた。ブツブツと独り言を発しながら体に付いた水分を新たに取り出したタオルで拭き取り、そうだ、そうだ。そうに違いない！　と頷く。何の確証もないままとは言え、一つの結論に至れば、その経緯に詮索の的が移る。

なぜ？

どのようにして？

一心不乱に様々な理由と工程を頭の中で考え巡らすが、身体が無意識に拒絶し始めていた。はっと気が付くと、体の所々にじんましんが出ている。そして、無意識のままに掻き毟っていたのである。

己の身体に異常が発生していることに気が付いた時、精神的にも身体的にも無理がきていると悟った。これ以上考え続けることが害になると察すると同時に、このことについて考え続けることを無理矢理やめた。

と言っても、簡単に振り切ることができなかったので、明日からの仕事のスケジュールや最近遊び始めたシミュレーションゲームの攻略について考えるようにした。暫くはそれで時間を持たせることができるが、長くは続かない。そこで、行動に出ることにした。

まずは、さっとシャワーを浴びる。寒いのか、暑いのか？　自分でも分からなかったので、温いシャワーにした。ただ、勢いだけは強くして、頭皮を刺激して、その刺激に気持ちを集中させた。三分ほどでシャワー室を出る。

腰にバスタオルを巻いたまま、携帯用保冷剤をタオルで包んで首に巻き、じんましんと汗を鎮めるように対応し、上半身裸で部屋の椅子に座ると、先程ステージ攻略についてで考えたシミュレーションゲームをするためにゲーム機の電源を入れた。

「ふぅ〜」

大きく深呼吸をして、今からゲームに集中するんだと自分に言い聞かせる。

このような際にも、スポーツで培ってきた集中力と持続力が役に立つ。また、気持ちの切り替えが任意で行えるというのも精神の安定には大きな効果を及ぼす。

実際にゲームを始めると、思いのほかのめり込むことができ、ゲーム疲れを感じて時計を見た時には、一九時半を回っていた。切りの良いところでプレイ記録をセーブしてゲーム機を机に置いた。諺に、喉もと過ぎれば熱さ忘れるとあるが、正にその状態である。先刻までの恐怖感、焦り、不安はなんだったのだろうと不思議に思えていた。

よくよく考えてみる。

今回の事象によって自分に悪影響が出るのか？　↓おそらくNO。

不利益や被害が発生するのか？　↓NOであろう。

少し楽観すぎるモノの見方ではあるが、今すぐに何らかの影響が出るようには思えない。そこまで思考が至り、今回の事象の漠然とした輪郭が掴めた時点で空腹を感じた。なるべく規則正しく決められた時間に食事をとるようにしている康司は、慌てて新たにTシャツを着ると近隣のコンビニへと向かう。

おにぎり二つとざるそばを買って帰り、おもむろにテレビの電源を入れる。特に見たい番組はないが、歌番組だったのでそのままつけたままにし、食事を取り始める。目から入る情報にも、耳から入る情報にも気を留めることなく、機械的に手と口を動かす康司の意識は別にあった。

冷静に顧みると、

——ちょっと面白くないか……？

普通では起こり得ない現象が自分の目の前で発生しているかもしれない。漫画やアニメ、ゲームのような有り得ないぶっ飛んだ現象ではない。実際に起こったとされる前世の記憶が戻った少年の記録。これが極めて稀な現象であることは疑いようもない。しかしそんな現象が、実の父親の転生かもしれず、更には何の因果か自分の前に現れたのかもしれない。

——そんな天文学的数字の発生率でしか起こり得ない奇蹟的な出来事が、今、目の前で起こっているとしたら……。

そう思いついた時、康司は急に胸が高鳴りワクワクしてきた。

詳しくは知らないが、中国歴史小説に出てくる仏法の話からすると、生物が人間に生まれ変わることも難しければ、時間的にもすぐに生まれ変わるのは難しいはず。

そうだとすると、康司の父である司郎は余程の善行を積んで死去したことになる。

「そんなに立派な人格者だったかな～？」

頭を軽く傾げながら、でも嬉しげに呟いてみる。こうなってくると、持ち前の好奇心と行動力が疼き出す。

未知への恐怖心が、未知への関心に変わり、答えがどうであれ、不確かな推測を確かな事実に変えたくなる。

さっきまでの恐怖心が何だったのかと自問し、千載一遇の機会を逃すところだったと自答して自らの怯懦を戒めたい気持ちに変わった康司は静かに嘲笑うと、さてどうしてやろうかと対策を講じ始めた。

野球の試合でもそうだが、物事をチャンスと捉えてからの康司は、行動力に拍車がかかる。いや、突破力が兼ね備わる。こうなった時の康司は高い確率で不利な状況を打破する。野球の試合でも、仕事の交渉でも、ここ一番で対戦相手はおろか、味方でさえも驚かせるほどの成果を叩き出すことがある。

野球仲間や、会社の同僚はその時の康司を〝無敵モード〟と呼ぶ。康司自身に自覚はないのだが、そんな時は決まって、ワクワクして他が目に入らなくなる。だから、康司自身が気付いた時には、周りが驚きを経て大きな歓声と称賛の声を上げている。

これもまた、本人に自覚のないことだが、無敵モード発動中の康司は傍で見ると一目瞭然だという。行動的な特徴としては舌なめずりで、無言で舌なめずりしている時はほぼ無敵モード発動中である。野球仲間であり、兼監督である南に言わせると、舌なめずりしている時の康司には近寄りがたい雰囲気と凄まじい集中力を感じるらしい。舌なめずりしてからしばらく考え、康司はボソッと呟く。

「……まずは、もう一回会わないと始まらないか……」

そう言った途端、表情に緩みが生まれ、小さく鼻で笑う。無敵モード解除になった合図だ。岩盤に穴を穿つほどに尖った集中力が霧散すると、今まで気が付かなかった箇所に思いが至る。

もし、もしも本当に竜斗少年が父司郎の生まれ変わりで、司郎の記憶を持ち合わせており、康司と再会できたなら筆舌に尽くし難い至上の喜びなのではないかと。

栄枯盛衰は世の常であり、永遠の不変は存在しない。命もまた、生まれてきたからには必ず死を迎える。それは分かりきった事象であり、その法則からは何人、どの生物と言えど逃れることはできない。

だからこそ人は限られた時間の中で力の限りに、精一杯生きていく。そこに自分が生きた証を残していく。しかしながら、死の訪れは必ずしも予期できるモノではなく、むしろ突然に訪れる。

それゆえに、死者に対して生前伝えられなかった想いが必ずある。

別れ

康司もまた、父司郎に想いを伝えきれなかった一人である。康司は、冗談好きとは言えど本質的に厳格であった司郎を尊敬していた。家族と会社のために命を削りながら働き、体調に異変を感じながらも仕事に従事し続けた。

あまりの痛みに仕事を休むことになるが、それでも「明日には出社するんだ」と自分と周囲に言い聞かせていた。休みが一週間を超えた時、康司らがほぼ無理矢理連れて行った病院で検査してもらったら、医師は深刻な表情で紹介状を出してきた。

総合病院で改めて検査し、一番最初に検査の結果を伝えられたのが康司だった。

「申しあげにくいことですが……」

末期の肝臓癌だった。しかも全身に転移しており、余命が三か月あるかどうかと言うではないか。思考が止まり、何をどうしたらいいかも分からず、病院の診察室でただ立ち尽くしていた康司。必死に現実を受け止めようとして思考を巡らし、最初に考えたのが、母親に何と伝えるかだった。

しかし、考えがまとまる前に、病室の外で電話を終えて母親が診察室に戻ってきた。休日出勤していた娘、康司の姉からの電話に対応していたのだった。

「……か、母さん」

事実を伝えなくてはならないと思うと、母親の前では取り乱すことはできない。だから、泣かないはずだった。なのに、涙が溢れて止まらず、声を出そうとすればしゃくりあげて言葉にならなかった。康司の様子を一目見て、ただ事ではないと察知した母親はハッとした顔で医師を見た。康司と母親の様子を見て、医師は自分の役割を悟り、康司に伝えたセリフをもう一度口にした。

その瞬間、母親は泣きながら崩れ落ちた。

その日は、検査入院と司郎に告げた。入院の手続きをしていると、泣きながら姉が病院に駆け付けた。母親から会社に連絡が入ると、姉は電話口で倒れ込んだらしく、それでも病院に行くと言ってフラフラと歩き出したので、会社の上司が心配になって車で送ってくれた。

康司、母親、姉は手を取り合って泣き出した。母は司郎の病気に気が付かなかった私のせいだと自分を責め、製薬会社に勤める姉も専門分野で仕事をしていながら気が付かなかったことを悔やんでいる。そして、この現実を受け止めたくないと子供のように泣きじゃくった。

しばらく泣き続けたが、入院の手続きができたと看護師が声をかけてきた。必死に涙を止めると、母親は「すみません、すみません」と掠れて声にならない声を発しながら手続きの用紙にサインをしだした。康司と姉も、その母親の姿を目にしてから、涙を堪えるようになった。

一旦落ち着くと、話は司郎にこの事実を伝えるか否かになった。色々と話し合ったが結論は出ず、とりあえずは検査入院だと言い張ることにした。

いや、そうする以外の答えが見出せなかった。

司郎は検査入院と言われて、「そうか……」と、ただ静かに頷いただけだった。冗談好きの司郎にしては珍しいとは思ったが、この時はそれ以上気が回らなかった。

その日の晩は、面会時間ギリギリまで病室にいたが、何を話し、何をしたか全く覚えていなかった。気が付けば帰宅のために車を運転していた康司。後部座席では、母と姉が泣きながら相談をしている。

事あるごとにどう思う？　と尋ねてきたが、運転に集中させてくれと伝えて、意識を運転にのみ傾けた。無心で運転しても全く危なげなく家に到着したが、エンジンを切るためにキーを回した途端、深い溜息と共に車の運転席ドアにもたれかかった。

母と姉は相変わらず泣きながら相談し、そのまま玄関へと車から降りていった。

康司の頭がこつんとガラスに音を立てると、経験したことのない疲労感が一気に襲い掛かった。動けない。いや、身体を動かせない。

お腹も空いた。尿意も催している。でも、どうやって身体を動かせば良いのかが分からない。

「ははは、ははは……」

幼少から始めた野球のおかげもあり、運動神経も反射神経も良く、学生時代から近所でも評判のスポーツマンである自分が、身体を自由に動かせない。その事実が自虐的な嘲笑を引き起こした。

康司が車から降りてこないことを不審に思った姉が玄関から様子を見に来たので、その異変に気が付いた。

「ヤス君、どうしたの⁉」

大声を上げながら運転席のドアを開ける。急に開けられたドアにもたれかかっていた康司は、なす術なくくずれ落ちた。

「きゃ～、お母さんっ！　お母さんっ！　ヤス君がっ！」

玄関からドタドタドタドタと大きな音を立てて、裸足のまま母親が飛び出してきた。

「やすし～⁉」

急いで二人が崩れ落ちた康司に駆け寄る。

母親と姉にしてみればこの状況は正に〝泣きっ面に蜂〟であろう。二人の表情には悲壮感しかない。夫、父親と同時に息子、弟を失うかもしれないと感じた瞬間の絶望感は、血の気が引くどころか生きた心地はしなかっただろう。

これだけの大声を発したこともあり、ご近所さん達が、どうしたどうしたと数人駆け寄ってきた。

絶望の相を浮かべた二人の女性。

倒れこんだ青年。

これだけ見れば誰でもただ事ではないと気を引き締める。あっと言う間にご近所さん家族が集合し、康司ら家族を介抱する。一番付き合いの長い隣の親父さんと息子さん二人が康司を肩に担ぎ、奥さん達が泣き喚く母親と姉に落ち着くように声をかける。

「す、すみません。すみません」

康司は必死に声を出して謝った。身体は動かなかったが、意識はしっかりとしている。リビングにまで運ばれると、ゆっくりと横にしてもらった。

「大丈夫か、ヤス君？」

隣の親父さんが肩を軽く揺すりながら、意識を確認しながら尋ねる。

「は、はい。大丈夫です。すみません」

引きつりながらの笑顔で返答すると、親父さんも康司を安心させるために笑顔を作る。しかしその時、怒りの表情をした姉が走り寄ってきては、

「もう、あなたがしっかりしなきゃダメじゃないの！」

と泣きじゃくりながら、怒りの感情にまかせて言い放った。

ご近所さん達も困惑した表情だったが、ひとまずはまぁまぁと姉を宥めて、力なく謝るだけの康司と今にも食って掛かりそうな姉の間に割って入った。

リビングにいるご近所さん達がさてどうしたものかと次の一手を考えていた時、玄関で母親の介抱をしていた人々から驚きの声が上がった。そして、次の瞬間にはすすり泣く声も聞こえた。

「しろうさんが末期ガン……？」

その声がその場にいた全員を黙り込ませた。そして、司郎家族に今、何が起こったのかを悟らせた。

康司はその後のことははっきりと覚えていない。

康司はその後すぐに動けるようになると、自室に入り、正に死んだように眠った。

翌日、目を覚ました時はすでに午前八時五〇分で、慌てて会社に電話し、状況を説明した。上司にとりあえず今日は休ませて欲しいと伝えると、それならば仕方ないと返事をもらう。電話を切った後、ゆっくり体を起こして一階のリビングに下りていく。

リビングでは泣きはらした赤い目で無言の朝食を取り終えた母と姉がこちらを見ていた。昨晩の醜態もあり、何と声を出そうかと思っていたら、いつも通りのおはようと聞こえたのでホッとした。

無言で会釈し、テーブルに着くと菓子パンがごっそりと出てきた。

「ご近所さんが買ってきてくれたのよ」

「え、こんなにも？」

「一家族六個ずつで、三十個ぐらいあるかな」

「……ははは。当分、買わなくてすむね」

引きつりながらも笑顔で返す。母親との会話が終わると、すかさず姉が、

「で、もう大丈夫なの？」

と、まだ怒った風に、いや、呆れたかのように尋ねてきた。

「あぁ……、うん。多分、大丈夫だよ。昨日はごめんね」

菓子パンを物色する手を止めて、姉の怒気のこもった目をチラ見すると、すぐさま首を前にもたげた。

「だいたいヤスくんはね……」

康司の謝る態度を見て癪に障ったのか、姉は大きく息を吸って捲し立てようとする。

しかしその瞬間、母親が割って入った。

「お姉ちゃん。今はそんなこと言っても仕方ないでしょ」

悲しみと怒りでごちゃごちゃになった感情を吐き出しかけた姉だったが、母親の正論に無言でそっぽを向いた。

「これから三人で力を合わせて、お父さんを助けなきゃいけないのよ。喧嘩してる場合じゃないでしょ」

康司は、改めて母親の強靭さに驚かされる。時間的には一晩越えただけの短い間なのに、現実を受け止め、その上でこれからの対応を講じようと冷静に話しかけてくる。姉も同じように考えたのか、そっぽを向けた顔を真面目な表情に戻した。

この朝に話し合った結果は、父親にはしばらく癌のことは告げないこと。これだけだった。他にも色々話したが、何も決めることができなかった。

昨日の動転した気持ちの状態で聞き入れた情報だけでは、何を決めるにも不十分だったからであり、もう一度医師としっかり話し合い、その上で判断と決定を下していかなくてはならないと考えたからである。

幸い、姉は製薬会社で働いており、病気や治療、もちろん薬についての知識があるので、姉を中心に考えていくことになるだろう。

未だに暗い闇の中で彷徨っている状況には変わらなかったが、現状を確認して、進む方向だけでも決めることができたので、心なしか不安が軽減したように思えた。

昼前には病院に着く準備をし、家を出た。まずは担当医師を訪ね、もう一度詳細を聴く。昨日はまともな精神状態でなかったためか、聞き逃していたことの多さに驚いた。

肝臓は別名〝沈黙の臓器〟と呼ばれ、癌をはじめ病気の症状が現れにくく、そのうえ症状が現れた頃には手遅れになるケースが大半を占めるという。司郎もその大半のケースに該当する。しかも余命三か月も定かではないと付け加えられた。

一晩越えたら、実は夢だった……なんてオチだったらどれだけ幸せだろうと何度も思った康司だったが、現実はアニメや漫画のようにはいかない。

ただ、それだけを思い知らされた。

虚ろな表情の康司をよそに、熱心に医師と話をする姉は、矢継ぎ早に質問を繰り返す。父、司郎の今後の治療について、どうすればいいのかを何度も確認している。

勤務する製薬会社から、看護師になれるだけの能力があると言われ続けた姉ではあるが、姉は看護師にはならなかった。本人曰く、

「看護師になりたいと真剣に考えた時期もあったよ。でもね、患者さんに感情移入しやすい性格だから、仕事として割り切れなくなっちゃうと思うの。だから、間接的に治療や回復に携われる今の会社で働く方が自分には合ってると思うの」

……だそうだ。

そんな姉と医師との間で最も大きな論点になったのが、痛み止めをどのタイミングで打つかだった。モルヒネの成分と効能を知り尽くしている姉としては、かなりのた

めらいを示した。

母親や康司は父を救えないのならせめて、痛みを和らげることができる薬を今すぐにでも打って欲しいと即答した。だが、姉は悲痛な表情を浮かべたまま沈黙した。モルヒネを打つことが、その後どうなるかを十分に知っているからこその葛藤だった。父、司郎の痛みを取り除いてあげたい。その気持ちに嘘はない。本当なら今すぐにでも打ってもらいたいのは、姉自身も同じである。しかし、今までモルヒネを打った患者の状態を数多く仄聞してきたことと、実際に多くの患者を見てきた経験が、その決断を鈍らせる。

個人差があるにせよ、次第に呂律が回らなくなり、意思疎通ができなくなり、時に泣き喚き、時に怒り叫ぶ。モルヒネは強烈な痛みを取る麻薬であり、薬物中毒者と同じ末路をたどることになる。

姉もまた、父司郎を尊敬するがゆえに、そんな姿を見たくなかったし、そうなると分かっていてモルヒネを打つことが耐えられなかった。しかし、癌の痛みが想像を絶するとも知っているだけに、葛藤は深く、苦しい。

この問題に答えを出せないまま、三人は父司郎の病室へと向かった。

昼食に少しだけ手を付けた形跡が見られたが、ほとんどが残されたままだった。

「お父さん。しっかり食べないとダメよ」

迷い悩む姉が、普段通りの姉を演じる。その姿が、母にも康司にもつらく映る。だからこそ、姉の言葉に続いて、

「そうだよ、お父さん」

「二人の言う通りですよ」

三人が病室に入るなり、諭すように話しかけるので、司郎は困ったように微笑んで、

「すまん、ちょっと入らなくてな。次からちゃんと食べるよ」

と答える。

「……………」

何か話さないといけない。そう思うと猶更会話が続かない。

今が正にその時だった。四人が四人とも同じ気持ちで微妙な雰囲気が病室内に張り詰める。

堪りかねた母と姉が、持ってきた荷物を整理しだした。父司郎の着替えをバッグに詰めて持ってきたので、それを病室の荷物入れに移す。

母と姉がいそいそと動く姿を横目に見た司郎はボソッと、

「着替え、多いな。検査にどれぐらいかかるの？」

ドキッとした康司は、何も答えられなかった。慌てて姉を見ると、

「今ね、患者さんがいっぱいで、検査も順番待ちなんだって。だから、ちょっと時間

がかかるかもって言われたの。だから、ちょっと多めに用意してるのよ」

慌てることなく、自然と答える。

「そうか……」

その答えにどこかホッとしたような表情を見せながら司郎が深い息をついた。

そのやりとりを見て、康司は表情を殺したままホッとした。

しかし、父が目を閉じたことを確認した瞬間、姉が物凄い目つきで康司を睨みつけた。康司の態度が不審だとのアイコンタクトだ。思わず息を呑んで、小さく頷く康司。

ふと目を開けた司郎が窓から見える空を眺め、木漏れ日から射す光に目を細めながら、「なぁ……」と澄んだ声で誰にという訳でもなく声を出した。

「どうしたの？」

母が返事をし、姉も康司も無言のまま司郎の方を向く。ゆっくりと三人の方を向く司郎は、弱弱しい微笑みを浮かべてじっと三人を見つめた。

「………」

沈黙したまま三人を見つめる。

三人の表情がこの沈黙の意味を察し始めて、強張りそうになる。その瞬間、

「……テレビ、観られないのか？」

いたずらっ子ぽい、してやったりと言わんばかりの表情で言う司郎。

凍りつきそうだった緊張感は一瞬にして氷解し、母と姉が引きつった笑いを浮かべる。

「テ、テレビ？　そう。そうね。観られないと不便よね」

母が固くなった口元を必死に動かして答える。

「ビックリした～！」

と、姉が大げさな表情で二人に割って入る。

「テレビ嫌いのお父さんがテレビ観たいなんて言うとは思わなかった。ね、お母さん？」

「ホント、そうよね。ビックリしちゃった」

姉の機転で話を上手に逸らすと、母もその内容を瞬時に理解して同調する。

しかし、康司だけは姉の機転を理解できても話に同調することができない顔をしている。ドギマギしたままの康司を見かねた姉は、

「ヤス君。ちょっとテレビのカード、買って来て！」

と、怒鳴るように命令した。早くここから離れて、冷静になれと暗に意味している。

「う、うん。分かった。買って来るよ」

全力で冷静を装いながら、逃げ腰の康司が病室から出ていく。その姿に怒りの眼差しを向ける姉。そんな二人を心配そうに見る母。

違和感しかない一連の会話を眺めながら、司郎はフフッと鼻で笑うと、再び窓の外に目を向けた。

この日も面会時間ギリギリまでいた康司らは、車に乗って家へと帰った。

康司は、車の中できっと姉に怒られると覚悟していた。自分の態度が、あまりにも不自然で、ちょっとしたことに驚いて、父に病気を悟らせてしまうのではないかと思っている。

テレビの視聴カードを買って来てからも、ほとんど無言であったが、それが却って怪しかったのではないかと危惧していた。

しかし、姉は呆れたのか疲れたのか、一言も喋らず後部座席で横になっていた。助手席に座った母も、ぐったりとしている。いつも以上に安全運転で帰る康司から、姉の姿は見えない。横になった姉はフロントミラーには映らなかった。

運転しだして五分、後部座席からすすり泣く姉の声が聞こえた。

「姉ちゃん？」

康司の声にも反応しないで、ただただ、力なくすすり泣く姉。

「姉ちゃん、大丈夫？」

それでも一言も発しない姉に、無言の重圧を感じる康司は、今は運転に集中しようと気持ちを切り替えた。

家に着いてからも、姉が康司に話しかけることはなく、無言で自分の部屋に消えていった。康司は姉の態度は気にしないようにして、さっさと風呂に入った。

風呂から上がると、母親に明日の予定を確認する。

康司は母親の動向に合わせて仕事を休むか、出勤するかしようと考えていたが、母親から明日はとりあえず出社して事情を直接上司に説明するように言われた。

姉の予定も気になったが、これも気にしないようにしてすぐに自室へと向かった。

ベッドに倒れ込みヒヤッとした布団に入り込むと、一瞬にして深い眠りに落ちていった。


父親のガンが発覚して三日目の朝が明けた。それ以前の日常だった七時のアラームで目を覚ますと、何か不思議な気分だった。

いつも通りの日常に戻ったように感じるのに、父司郎の病状が変わる訳ではない。でも、どこかで昨日までの出来事が錯覚だったと気が付くのではないかと期待してしまっている。

気疲れで回転の悪い頭をかるく振って、大きく深呼吸をする。康司が気持ちを切り替える時に行う儀式だ。息を出し切る際には、力を込めて息を勢いよく吐き切る。

平穏だった日常通りの支度を始め、一階リビングに下りていく。そこにも取り繕った日常が戻っていた。

母親が朝食を用意しており、姉がすでに食事を取っている。テレビが嫌いな父司郎の影響もあって、朝はラジオが鳴っている。

階段の途中で足を止めて、目に入った日常を認識する。いつもの日常に限りなく近いのに、いつもの日常ではない。そこに父がいないからだ。

「ヤス君、早く食べなさい」

母親の声で我に返ると、小さく返事をして食卓テーブルにつく。

朝食を食べながら母親と姉の話を聞くと、姉が午前中だけ出社し、昼からは母親と一緒に病院に行くのだそうだ。

理由は、姉が毎年有給を消化できずに余らせていることもある。朝だけは出社して、康司同様に会社の上司に直接状況を説明し、今後の動向について話し合うつもりだという。

康司は今日から出社し、仕事終わりに病院に来るように言われる。三人が揃っていつまでも見舞いに行くのは、司郎を不安にさせるだけとの考えもある。

言われた内容は正論だとも思うし、異論もない。でも、それを自分抜きに決められたことには釈然としなかったが、敢えて反論する気もなかった。

相変わらず姉は目も合わせず、康司に話しかけることもないままで、スッと立ち上がり、食べ終えた朝食の皿をキッチンへと片付け始めた。

相変わらずの手際の良さで食器を洗い終えると、そのまま家を出ていった。

「いってきます」

こちらを振り返る間もなく、いつものキリッとした姉だった。友人や康司の友達からも男前ともてはやされるほどの姉に戻っていた。

それに引き替え、自分と言えば……そう考え出すと深みに嵌り、抜け出せなくなるかもしれないと思った康司は無心に朝食を食べ続けた。

出社してみると、周りの同僚は何事もなかったか、何も知らないといった接し方だった。康司自身としても、その方が気を遣わなくて済むし、事の経緯を尋ねる人全員に答えるとなるとつらい。出社してすぐに上司に説明したが、涙を堪えることができなかった。

もちろん、それなりの中小企業であるからいろんな人がいて、人の気も知らずに根掘り葉掘り質問してくる輩もいた。昼休憩に社員食堂でチャンスとばかりに駆け寄ってきた同僚が、質問攻めにする。

康司が困った顔でハハハと愛想笑いしても、しつこく質問してくる空気の読めない同僚。他の同僚がやんわり制止しても、

「俺は心配して訊いてやってるんだろうが。お前こそ気になるって言ってたじゃんか？」

と、周りを憚らずに言い放った。

この時はさすがにムッとしたが、近くにいた上司が、

「おい！　いい加減にしろよっ！」

と一喝して、同僚はやっとその口を噤んだ。周りの視線に気が付いたのか、そそくさと離れていった。

振り返って上司を見ると、康司らの方向は見ずにご飯を食べていたが、康司の視線に気付いてこちらを見た。康司が小さく会釈をすると、口を結んだまま大きく頷いた。

そのまま昼食を食べていたら、先に食べ終えた上司が、去り際に康司の肩をポンと叩き、「気にするなよ」と一言だけ声をかけていった。

仕事は意外にすんなりと行えた。無心で仕事に取り組んだ結果かもしれないが、明日も同じように時間の経過を忘れるぐらい集中できるかと言われれば首を傾げるしかない。

上司が定時前に、

「おい、そろそろ帰る準備でもして、定時きっちりに帰れよ」

と言ってくれて、その時に初めて時間の感覚が戻った。ふと我に返ったかのような

不思議な感覚だったが、

「え、でも、まだ仕事が……」

と慌てて上司に伝えると、

「バカ。こんな時ぐらいはいいんだよ。お前にしかできないこともあるだろう。しっかり、ご家族さんの傍にいてやれ」

康司だけではなく、周りの職員に聞こえるように上司は声を出し、気を遣って帰りにくいであろう雰囲気を霧散させた。

「その代わり、無理じゃなければ明日も出社しろよ」

普段から無口で渋い顔ばかりしている仕事人間の上司が優しい笑顔で言った。

「はい！」

康司が嬉しそうに返事をするのを見た上司は照れ臭そうに、そしてその素振りを隠すためにパソコンと書類を見比べる。

父司郎の病気が発覚した二日前から、ずっと不安で仕方なかった。予期せぬ将来への恐怖が刻々と心を蝕んでいくように感じていた。そんな中、今日は仕事に集中できたこともあり、その不安が小さくなったように思えた。

突然突きつけられた事実から発生した悲観的観測が、真っ白い布をジワジワと染めていく一滴の黒インクのように、日常の平静心を侵食していた。その不安による心の染色を止められた気がする。

サッと身支度を整えると、康司は同僚達に一礼をして、タイムカードに打刻した。

父司郎が入院している病院は、康司の会社から距離的には遠いが、電車で乗り換えなしで行けるので、時間的には家から車で向かうよりも早かった。

病院付近で夕食を定食屋さんで取り、急いで病室に入ると、病院食にほとんど手を付けていないまま横になっている司郎が目に入った。

康司に気が付いた母と姉が振り向くと、司郎も身体を入り口に向き直した。司郎の顔に痛みを堪える強張りが浮かんでいる。それでも司郎は、

「ヤス、仕事はどうだった？」

と引きつった笑顔で康司を迎えた。

平静を保ちながら康司は「うん。いつも通りだよ」と返答すると、

「それより、父さん、ご飯全然食べてないね。ちゃんと食べなきゃ。まだ、食欲湧かないの？」

と質問し返す。

「もう、母さんにも、姉ちゃんにも散々言われてるよ。食べなきゃいけないって分かってても、どうしても食べる気にならなくてな」

まるで自分が母と姉から苛められているんだと言わんばかりの口調で冗談っぽく返答するも、声と表情が痛みを含んでおり、傍で見ている者からしたら笑えない。

黙り込みそうになる空気を察してか、姉が、

「だって、痩せの大食いを絵に描いたようなお父さんが食欲ないなんて聞いたら、誰だって心配するわよ。ねぇ？」

と話をつなぎ、母と康司に同意を求める。

「ええ、そうよね」

と母が頷けば、康司も無言でウンウンと頷く。

司郎は困ったような笑顔で三人を見回し、

「そうだな。早く検査を終わらせて、仕事に戻らなきゃいけないもんな。そのためにも、まずは栄養か」

つらそうに笑みを三人に見せると、ゆっくりと身体を起こして用意された夕食に手を付けた。

主食の粥をスプーンで二口、おかずの魚を一口。ゆっくりと震える手で運ぶと、目を閉じて噛み締める。その後にお味噌汁を少し飲むと、

「今日はこれで……。な？」

と、弱弱しく許しを請う。

一瞬迷ったが、もう少し食べて欲しいと伝えようとする康司を遮って、

「じゃ、今日は勘弁してあげる。明日はもう少し、ちょっとずつでいいから食べてね」

と、姉が精一杯笑顔で話しかけ、夕食を下げ始めた。康司はせめてもう少し食べてもらえたらと思っていたが、自分よりも専門的に詳しい姉の言動に従うことにした。

ちらっと母を横目で見ると、母は何も言わず、動じずにいる。すでに姉と話し合いの上で、姉に任せているように見える。

スタスタとお盆を持って部屋を出ていく姉。

自宅から持ってきた湯飲みや箸を洗面所に洗いに行く母。

一人取り残された康司は、普段通りを装いながら、父司郎のベッドの横に置いてあるイスに座る。

「父さん、明日、何か本持ってこようか？　読みかけの本とか、読みたい本ってないの？」

ベッドに横になった司郎は首だけを康司に向けて、

「ん～、そうだな……官能小説かエロ本かな。母さんや、お姉ちゃんに見付かるなよ」

ニヤッと笑う司郎。普段の会話でならばこの冗談で笑えただろうが、痛みを堪えながらの冗談は悲壮感が増してしまい、

「はは、ははは。そう、エロ本もいいね」

と渇いた笑いで誤魔化し、突っ込むのも忘れて肯定してしまう。康司と司郎の親子間で、恋愛の話はした経験はあるものの、避妊以外の性的な話題にまで語り合ったことがないため、余計に戸惑いを感じる。

康司と司郎の間に気まずい空気が流れ、どちらとなく目を逸らした。司郎は食事のために起こしていた身体を横にする。

母と姉が同時に病室に戻ってくると、

「あら、どうしたの？」

と康司と司郎のぎこちなさを感じた母がニコニコと訊いてきたが、二人とも同時に苦笑いしながら首を左右に振るだけだった。

この日も司郎の夕食後には病院を出た。

姉が運転してきた車を康司が運転して家に戻る。車内では、姉と母がアレコレと話し合っており、康司はいつも通り運転に集中する。

運転には集中しながらも、会話は耳に入っており、モルヒネをいつ、どの段階で打つのかが一番の問題だった。そして、この一番の問題だけが答えを、決断を下せないままにいる。

姉と母は、この問題を避けながら明日の段取りや一週間ぐらい先までのスケジュールなど、他の問題に決定を下していく。

避けて問題を整理しても、最後には廻ってくるモルヒネの投与問題。テキパキと決定できる姉でも、この問題を前にすると沈黙してしまう。煮詰まってイライラしてくると、

「で、ヤス君はどう思うのっ⁉」

と、ケンカ腰で訊いてくる。

今の姉は、康司がどの選択肢を選び提案したとしても怒りながら否定するのが分かっている。だからと言って、何も答えなくても怒るだろうとの予測がついているだけに、辟易としてしまう。

康司は、どうせ何を言っても怒って、当たりたいだけなんだろ！　なら、言いたいこと言ってやる！　と心で呟いてから、

「……僕は、僕達にとってじゃなく、父さんにとって一番良い方法や結果なら、何時でもいいよ」

車の中なのに、エンジン音が聞こえなくなるぐらい不思議な静まり方をした。運転中の康司から姉と母の表情は見えないが、二人が驚き戸惑っているのが気配から感じられる。康司も、予想だにしなかった姉の反応に驚いた。

姉も、母も黙り込んでしまった。もちろん康司も、一抹の気まずさを感じながら口

をふさぐ。

三人の会話が途切れたまま車は進み、気が付けば家に到着していた。車のキーを抜き、その場で大きく一息つく康司に、

「今日は倒れないでよね」

と姉がきつい一言を残して玄関に消えていく。

姉の言動に康司の鼻息が一瞬荒くなったが、もう一度深呼吸して気持ちを切り替えた。姉が康司に対して厳しい態度をとるのは今日に始まったことではない。

その理由が、康司のことが気に入らない、嫌いだという訳でもない。ただ、テキパキ型の姉から見て、おっとり型の康司が頼りなく見えるだけなのだ。それが分かっているだけに、今回のように一家の方向性を変えるような大事な時ほど、姉からすると頼りなく感じてしまっているのだろう。

この日から、日中は仕事。終わり次第、病院に直行という行動パターンが定まり、なんとかこなすことができていた。

しかし、日を重ねるごとに体も心も重くなっていく。そう感じているのは康司だけではなく、母も姉も同じであった。

三人が交わす会話にはゆとりがなく、必要最低限の内容だけになっていた。それ以外の話をする気力が消失している。もしくは、余計な話をして拗ねられたら、今以上

に疲れ果ててしまうのではないかとの懸念がそうさせるのかもしれない。

病室の父の前では明るく、楽しそうに振る舞えても、三人で車に乗ってしまうと重苦しい雰囲気に沈んでしまう。余計な会話もないので、ＦＭのコミュニティラジオを流すようにしていた。

誰も言い出さないが、三人の心の中では、

——いつまで続くんだろうか？

と、自問し始めていた。答えがないと分かっているだけに、虚無感に苛まれる。

そんなことを考えること自体、不遜だとも理解しているが、どうしても頭をよぎってしまう。何事においても、見通しが立たないということは、なんとつらいことなのか。

家という目的地に向かいながら、康司はやりきれない想いを鼻で笑った。

次の土曜日が来た。朝から母親を乗せて病院に向かう康司。姉は昼までの出勤で、昼からの合流となる。

病室に入った二人は、今までにないぐらい苦悶の表情を浮かべている父を見た。汗もひどく、顔色も暗い。

「あなた。大丈夫？　ヤス君、看護師さん」

母は父の返事を待たずして、康司に看護師を連れてくるように大きな声を上げた。康司は無言で頷くと、病室を出て看護師を探す。ナースコールは母がもちろん押している。

司郎は肩で息をしながら痛みを堪えているが、慌てふためく二人を見て何度も、

「大丈夫、大丈夫」

と掠れた声で言う。

看護師を康司が連れてくると、すぐに検温し、熱発していると確認。すぐさま点滴の用意が始まった。

「朝から調子悪そうでしたものね。熱が出てきたみたいなので、点滴を打ちますからね。安心してくださいね」

患者の司郎と、家族に向けて慌てることもなく伝える看護師。実は朝の検温の時点で、平熱よりも高いことには気が付いていた。昼までには熱発する可能性があると予測していたのだった。

無駄のない動きで司郎の腕に点滴を刺し、

「何かありましたら、すぐにナースコールを押してくださいね」

と言って、看護師は病室を出ていった。母は看護師に頭を下げると、すぐに司郎の顔を流れる汗を拭き取る。

康司は何もできないまま、ただただ傍らにいるだけだった。康司は何もできないことが、これほどにつらいのかと痛感する。居た堪れなくなって、

「父さん、大丈夫？」

と、声をかけるしかできないことが、更に自分を惨めにする。しかし、これしかできないと司郎の顔を覗き込む。

「だ、大丈夫だよ。ごめんね」

司郎が痛みや熱発によるつらさを堪えながら声をかけてくる。

「そんな、ごめんなんて。ともかく、看護師さんが点滴打ってくれているから、すぐによくなるからね」

司郎に心配かけてすまないと言われてしまうと、この上なく心が締め付けられて苦しくなる。こんな時、代われるものなら代わってあげたいと他人は言うのだろうと身を以て悟った。

司郎の弱弱しい笑顔がこちらに向けられる度、心が啄まれる痛みでいっぱいになる。

司郎がゆっくり目を閉じて眠ろうとすると、ホッとするが、もう目を覚まさないのではないかと心配にもなる。司郎の呼吸が落ち着くと、康司と母も胸を撫で下ろした。呼吸音が続く限り、司郎はいつか目覚める。そう思えると、どこか安心する。

昼ご飯が運ばれてくる時間になったが、司郎はまだ目を覚まさずに眠っている。

ここでもまた、二人の中に小さな迷いが生じる。

司郎には安静にしていて欲しいから、このまま覚醒するまで眠っていてもらいたい。でも、少しでも食事を摂ってもらいたい気持ちもある。もちろん、点滴で栄養をとっているのだから、食事をしなくてもよいことは分かっている。

でも、でも、と葛藤が葛藤を呼び、なかなか判断できない数秒が、ずっと続くのではないかと思えるぐらい長い時間に感じる。

そんな最中に姉が病室に到着した。父司郎の状態を目にした瞬間、ハッと驚いた様子だったが、冷静に母の表情を見る。

母が姉に促され、今朝からの病状を細かく伝える。静かにウンウンと頷きながら、話を聞き終えると、

「看護師さんがちゃんと処置してくれてるんだから大丈夫よ、お母さん」

優しい笑みを浮かべて母を励ます。

心配そうに二人の話を聴いていた康司の方にも向いて、打って変わったキリッとした表情で頷く。三人には、会話がないままの病室の空気が重苦しく感じられる。

何分が経ったのか、それとも一時間が過ぎたのかもしれないと時間感覚が麻痺した頃、司郎がゆっくりと目を覚ました。

「み、水、くれるか？」

三人はハッと動き出し、ミネラルウォーターのペットボトルに手を伸ばす。一番近い康司を差し置いて、姉が素早くペットボトルを手にした。

「はい、お父さん。ストローはここだから、ゆっくり飲んでね」

仰向けでベッドに寝る司郎は首をひねってストローを咥える。

一瞬息を止めてから、一気に吸うが、その姿が司郎の衰退を示していた。

少量を飲み終えた司郎がストローから口を離すと、口元から水が零れ落ちた。母が急いでハンドタオルで拭き取る。

またも康司は何もすることが、してあげることができなかった。

一息ついた司郎に、母と姉が近況報告し始める。母と姉なりの気遣いなんだろうと康司も察し、自分の近況も食い込ませながら家族団欒に加わる。

司郎は静かに、優しい笑顔を浮かべながら無言で聴いている。三人とも、司郎の容態を気遣いながらだったので、あまり長時間話さないように気を遣っていた。

アイコンタクトで姉がそろそろと切り上げようとすると、康司はトイレへと席を立ち、母と姉は病院の売店に買い出しに行って来ると司郎に伝えた。

返事なく、頷いた司郎であったが、母を追って病室を今まさに出ようとする姉に向かい、「お姉ちゃん」と、病室中に響くような声で呼び止めた。

振り返った姉の目を真っ直ぐに見つめ、ゆっくりスローモーションのように頷いた。

一度は司郎の頷きが何を意味しているのか分からなかった姉だが、目を逸らさずに強い意志で再度頷く父を見た時、その意味を悟った。姉は何も言えず、ただ口元に手を当てて走り出した。

ちょうど病室に帰ってきた康司は泣きながら走り出した姉の後ろ姿を見ていたが、母を急いで追いかけているようにしか見えなかった。

「ヤス」

父の声が聞こえた気がして、すぐさま司郎の方を向く。

「……頼んだぞ」

そう聞こえたが、見えたのは右目を大きく開けて、左目を細めるいつものジェスチャーだった。

「父さん、呼んだ?」

怪訝そうな表情で訊く康司を見て、司郎は首を左右に振った。優しい、でもどこか寂しそうな笑顔を浮かべたまま。

この日の晩、ついにモルヒネの投薬が始まった。康司がそのことを知ったのは、帰りの車から降りる直前だった。

夕飯に手を付けられない司郎に、今まで見たことのない種類の点滴が打たれていたのには気付いていたが、深くは考えていなかった。

家へと向かう車の中で、何も喋らずずっと涙を堪えていた姉とその姉を抱くように寄り添う母の様子から、覚悟はしていた。

車を家のガレージに停め、エンジンを切った時、姉が嗚咽混じりながら喋ろうとすると、

「ヤス君。お父さんに痛み止め、打ってもらったから」

と母が遮った。

母は、姉にその決断をさせたからこそ、伝えるのは自分の役目と考えていた。涙を目に浮かべていたが、その言葉には毅然とした想いが込められていた。

康司は、そんな大事なことを自分に相談なく、事後報告でなんてと憤る気持ちが一瞬にして込み上げもしたが、同時に、姉の判断に任せると言ったことも思い出し、大きく溜息をついてから、

「……そう。分かった」

素っ気ない返事をするのが精一杯で、ハンドルに額を付けて倒れ掛かった。ドッと疲労感や徒労感、虚無感に絶望感。色々な感情が身体の内から染み出してきた。

動けないし、動きたくない。

何も聞こえないし、聴きたくもない。

そんな気持ちに支配された。

ただただ、溢れてくる涙を止められず、むせび泣く康司。

その様子を見て、苦しい決断をした姉が康司に向かって情けないだの、もっとしっかりしてもらわないと困るだのと罵声交じりに発したが、

「うるさいっ！」

と、うつぶしたまま康司が一喝した。完全に閉め切った車の外にまで聞こえるぐらいの大きく鋭い声だったから、母も姉も驚いて言葉を失ったが、数秒後にはそれ以上に大きな声で姉が捲し立てた。

姉が何を言っているのかは誰にも分からなかったが、康司の服の襟首を引っ掴むと、激しく揺すりながら怒号を浴びせる。

それを必死に止めようとする母。何の反応も示さず亀のように動かない康司。

車がかなり揺れていたのだろう。またもご近所さん達が心配して駆け寄り、修羅場と化した車中から母と姉を引き摺り出した。

三人の状況から冷静に判断したお隣の親父さんが、康司だけをそのままにしておきましょうと集まったご近所さんに声をかけ、

「ヤス君。落ち着いたら、家で休むんだよ。今、君が病気になったら元も子もない」

と康司の肩を掴みながら声をかけた。

康司には、この声だけがやけに鮮明に聴き取れた。

伏したまま無言で首を縦に振ると、静かに運転席側のドアが閉められた。

バタンと音がして数秒後。康司は大声を上げて子供のように泣き始めた。

どうやってベッドに入ったのかも分からないが、気が付けば昨晩の服のまま康司は寝ていた。朝のアラームが忙しく鳴っても、何故か別世界の音のように感じ取れた。

おもむろにアラームを止めると、携帯で日時を確認する。

今日が日曜日であることを確認すると、康司は再度、ベッドに潜り込んだ。身体を丸めて目を閉じると、何も考えないで済むような感覚に浸れる。

何もかもが煩わしく思える今、何も考えないでいたい。今のことも、今日のことも、これから先のことも。何秒経ったのか分からなかったが、不意にドアをノックする音が響いた。

「ヤス君。朝ご飯よ」

いつもの母の声だった。

あまりにもいつもの声過ぎて、自分は悪夢でも見ていたのではないか。父の病気や姉との口論も、夢での出来事なのではないかと錯覚するほどだった。

目を開けて自分の服を見た瞬間、康司は落胆と共に大きな溜息をついた。なるべく何も考えないで起き上がり、何も考えないままトイレに向かう。トイレを済ませると、何も考えていないのに一階リビングに下りたくなかった。でも、康司は何も考えずに足を進めた。

朝食が並べられたテーブルに座ると、目も合わさずに朝食を取る姉がいる。朝食は相変わらず、ご近所さんが届けてくれる菓子パンである。絶妙のタイミングで母が温かいカフェオレを出してくれたので、

「ありがとう。いただきます」

康司は無機質な声でいつものセリフを唱えると、まずカフェオレをすすった。日曜のラジオ番組だけが、このリビングで唯一響く音声で、三人は一言も発することなく食事を摂る。

姉が食べ終わると、「ごちそうさまでした」と手を合わせて一礼し、いつも通りにシンクで手際良くマグカップを洗い流してタオルで拭き取り、食器棚に戻す。

姉は終始無言のまま部屋に戻り、リビングには母と康司だけになった。

何も考えない状態を継続している康司は、姉を目で追うこともなく菓子パンとカフェオレを交互に口に運んでいる。その様子を見てか、母が喋り出した。

「ヤス君、昨日はゴメンね。ちゃんと相談できなくて」

「……うん？　薬のこと？」

目を合わせることなく、康司は応える。

「そう、お薬のこと。お父さんに打つ前に、ちゃんとヤス君に伝えておくべきだったと思って」

「……仕方ないよ。僕だって、最終的には姉さんに任せるって言ってた訳だし」

頭を掻きながら、康司は目を閉じて食べることを止めた。

「でも、なんで急に？」

康司が虚ろな目をしたまま質問を切り出す。

「それは……」

姉が司郎から投薬のサインを受け取った経緯を説明した。

説明を聴いた時、康司が一番に感じたことは司郎が自身のガンを察知していたことである。

――父さんはやっぱり気付いてたんだ。

そう心の中で驚いた。

「お姉ちゃんの話を聴いた時、信じられなかったと言うか、信じたくなかった。けど、私もお父さんは気が付いていたんじゃないかと思っていたから、お姉ちゃんが見たお父さんからのサインは本当だと思ったの。だから、その後すぐにナースルームに行ってお願いしたのよ」

目を合わさない康司とは対照的に、康司の目をしっかりと見つめて逸らさない母。その眼差しが、いかに真剣であるかを感じさせる。

康司は目を閉じて大きく鼻で息を吸い、鼻で息を吐き出すと、ゆっくり目を開けて母の目に視線を合わせた。何度か首を小刻みに振りながら、

「そう。分かった。僕もお父さんは癌だってことに気付いてるんじゃないかと思ってたから」

母はホッとした笑顔を浮かべると、「ありがとう」と呟く。

「ううん。僕は何もしてないよ」

申し訳なさそうに下を向きながら康司が首を振る。

康司が再び、黙々と菓子パンを頬張り始めると、リビングにはラジオだけが響いていた。母は席を立ち、自分の使った食器を片づけようと背を向ける。その背中に向かって康司は、

「でも、これから父さんや僕達はどうなるの？　そして、いつまでこんな状態が続くの？」

と、心の中で叫んでいた。

思いの外、終焉の訪れは早かった。

「病は気から」とはよく聞くが、正にこの格言が真実であることを司郎が証明した。

モルヒネを投薬して十三日。約二週間後に、司郎は家族や同僚、友人に見守られて他界した。癌が発見された当初、余命は二〜三か月ぐらいではないかと医師から宣告されていた。

しかし、モルヒネを打ち出すと、司郎の意識が副作用で薄れ、三日後には呂律が回らなくなりだし、一週間ほどで朦朧とした時間がかなり多くなっていた。

そして投薬から十三日後の晩九時。病院から家に帰り着いたばかりの康司達のもとに、病院から危篤状態との連絡が入り、急いで病院に戻った。

帰ってきた康司達が泣きながら車に飛び乗る様子を見て、お隣の親父さんはすぐさま状況を察し、車に駆け寄って来て、

「ヤス君、運転大丈夫か？　ちょっと待ってな。僕が運転して連れて行くから」

と慌てふためく母、姉、康司を諭し、自分の家に運転免許証を取りに戻る。

親父さんから話を聞いた家族さんがやってきて、母と仲が良いおばさんが車に乗った母の手を取り、両手で握ると、

「後のことは任して。私達もすぐに行くからね。あなた達に万が一があったらシローさんに申し訳ないから、うちの旦那がちゃんと連れて行ってあげるからね」

と涙をためながら励ます。

親父さんが車に乗る頃には、ご近所さんが集まっていた。母と姉は、ただただ泣きながら、

「ありがとうございます。ありがとうございます」

と呪文のように唱えていた。

車が病院に向かって動き出すと、母と姉、康司の三人は分担して親族と司郎の仕事関係者、友人に電話をかけた。皆、司郎のお見舞いに来てくれた人達で、事前にもしもの時は連絡くださいと言ってくれていた。

夜の九時を過ぎていたこともあり、車はいつもより早く病院に着いた。正面エントランスで三人だけを降ろすと、

「はやくシローさんのところに行ってあげなさい。僕もすぐに行きますから」

と親父さんは声をかけた。

声にならないありがとうを伝えながら、三人は何度も頭を下げた。

三人が病室に着いた時には、担当医師、看護師が処置をしており、司郎はまさに息絶え絶えで天井を見ている。

「延命処置を希望されますか?」

三人を確認した医師の第一声がこのセリフだった。

母と康司は医師のこのセリフに泣き崩れた。しかし、病室に辿り着くまで泣いていた姉は、毅然と涙を拭い、

「いえ、このまま、お父さんを、父を楽にしてあげてください」

と深々と頭を下げた。手を力一杯握りしめていた。

「よろしいんですね？」

落ち着いた声で医師が確認する。

母と康司の方を見た姉は、二人に無言で同意を求める。母も康司も泣き崩れているが、姉の発した言葉、

「父を楽にしてあげてください」

とのセリフに我を取り戻し、二人で支え合いながら立ち上がると無言で何度も頭を縦に振った。

「分かりました」

医師は三人の意思を確認すると、看護師に指示を出す。看護師達は司郎のそばを離れると、

「お父さんに声をかけてあげてください。傍にいて、手を握ってあげてください」

と三人に声をかける。もうすでに返事もできない康司ではあるが、三人はひたすら頷いて司郎の元に駆け寄る。

「お、おどうさん。おとさん」

嗚咽のせいでおとうさんとさえも言えないままに、何度も何度も呼びかける。

母も姉も想いのままに泣き叫び、ベッドに横たわる司郎の左手を三人で強く握っていた。

ご近所さんや司郎の会社関係者、友人が続々と駆け付け、皆が司郎に声をかける。

「シローさん」

「部長」

「しろうちゃん」

泣きながらの声もあれば、病室に響くぐらい大きな声もあり、時には怒号のような声もあった。

どの声も、司郎を想い、司郎に感謝や最期の別れを届けようとしたものだった。少しでも、一秒でも長く司郎と時間を共有したい。そう思って集まった人々であったが、ついにその時を迎えてしまう。

一〇時一五分、司郎の死亡が確認された。

この病室に集まったすべての人が泣いた。

「いや〜、おとうさん」

姉の泣き声が一段と大きくなり、母は気を失って崩れ落ちた。

「奥さん」

司郎の会社で働く部下達が逸早く動いて、母を支える。それを見て驚いた康司が、我を取り戻して駆け寄る。

「母さん。大丈夫？」

看護師も駆け寄って母の表情を診たり、脈を手際よく確認する。

「大丈夫よ。でも、ちょっと休ませてあげましょう」

康司にそう言うと、隣の部屋の空きベッドを使わせてくれる段取りをしてくれたので、数人で母を担いで移動した。

母をベッドにそっと寝かせ、母を心配してついて来た近所のおばさんに任せると、康司は父のいる病室に戻った。

父のベッドにしがみついて離れない姉の肩に手を当て、近所の親父さんや司郎の友人が優しく労わるように諭している。

「お姉ちゃん。シローちゃんは最期まで立派だったよね。本当に、本当に立派な人だった……。だから、もう、ゆっくりさせてあげましょうよ」

泣き疲れたのか、もう声も出ない姉は首を左右に振りながら聞き分けない子供のようにその場を離れようとしない。次に姉のそばに行って声をかけたのは、司郎が働いていた会社の副社長だった。

「……お嬢さん。ご家族さんは本当によく頑張られた。もう後は看護師さんに任せましょう。ね？　まだ、ご家族さんはこの後にも大事な役目もあります。ここでお嬢さん達に何かあったら、我々は司郎君に合わせる顔がありません。ここは一先ず、我々の願いを聴いてください」

姉の肩を抱くようにして語りかけ、何度も諭してその場から引き離した。その瞬間、女性陣が姉を囲み、声をかけながら病院のロビーへと連れて行く。

家族の中で一人残された康司は、ただひたすらに、

「すみません。ありがとうございます」

「わざわざすみません」

「ありがとうございました」

と集まってくれた人達に頭を下げて回った。康司自身、誰が誰だか把握しきれていなかったが、この場に居合わせた人には礼を言わなければならないと思っていた。

康司がフラフラになりながら頭を下げる姿に、集まった人達は其々に労いの言葉をかけたが、康司は何を言われているのか、全く頭に入ってこなかった。ただ、何か言われたから、

「すみません。ありがとうございます」

と涙を堪えながら返すだけだった。

もう、その後のことは何も覚えていなかった。直後に叔母家族が他府県から到着し、緊張の糸がプツンと切れた。叔母家族がその後の段取りを代わりに行い、康司の記憶に残っているのは、父司郎の葬式で喪主として挨拶したことだけだった。それも、自分で読んだ文章さえ覚えていなかったが。

康司が司郎の死後、最も印象に残ったのは、母、姉、そして康司だけの三人での暮らしが始まった時だった。改めて座ったいつものリビングがとても広く、このテーブルの四つ目の椅子にはもう誰も座らないと気付き、少し寒く感じたことだった。

＊　＊　＊

一瞬にして司郎の死期を思い出したが、今だからこそ、もっとこうしていれば良かったとか、もっと司郎に話をしておけば良かったと思いつくことがある。今、もう一度チャンスがもらえるなら、是非とも伝えたい内容がたくさんあり過ぎる。

康司は、感情のバロメーターがプラス側に吹っ切り、興奮を抑えられない自分に気が付くと同時に、冷静な判断を下そうとする自分にも気が付いた。

——果たして、この仮説は本当なんだろうか？

そう己に問いかけた途端、急に高揚感は消え失せた。感情のバロメーターは０に戻ろうとする。まずは、確認しなくては話にならない。

——俺は、何を興奮してたんだろう？

そう思ったら、感情のバロメーターは一気にマイナスにまで傾き、なんだか自虐的な気持ちになっていた。

康司はとりあえず、今日のことは横に置いておくことにして、次に銭湯で会った時に確認しようと決めた。

一度、気持ちの整理がついてしまえば忘れてしまうほどのことであると自分に言い聞かせた。

接触

あの日から二か月が過ぎた。もちろんこの間、康司は事あるごとに例の銭湯に行った。草野球の後は必ず立ち寄り、気が向けば平日でもあの親子に会えるのではないかとの期待を胸に、足を運んだ。

竜斗少年に会ったらどうするかは決めている。だからこそ、沸々とした期待感、高揚感はあるが、騒いで取り乱すようなことはないと思っている。だが、そんな時に限ってあの親子の姿は見られなかった。

気になって、もう少し待てば来るのではないかと長湯したこともしばしばで、のぼせてフラフラしながら帰ったこともあった。

康司の中で、あの日の記憶と好奇心が薄らいできており、時間が経過すればするほどどうでもよくなってきている。康司自身、もうほとんど忘れて仕事と毎日の暮らしに没頭した生活を送っていた。

そんなある日、康司はどうしても銭湯に行きたくなって、二二時に自宅を飛び出した。

今働く会社の人間関係で、どうしても納得のいかないことが起き、現在取りかかっている営業プレゼンに支障をきたしていた。このモヤモヤしたストレスを解消すべく自転車に跨った。

因みに例の銭湯は、二三時三〇分で閉まる。康司が快調に自転車を走らせても一五分はかかるので、ほとんどギリギリの時間帯ではあるが、それでもスカッとしたかった。

——時間も時間だし。

あの親子に会えることを期待しそうになったが、こんな時間帯に来ることはないだろうと淡い期待を頭の隅から追いやった。

銭湯に到着した時には、あの親子のことを一寸たりとも考えていない状態で、頭の中は会社の人間関係で一杯だった。

それだけに、脱衣所で勢いよく服を脱いで浴室に入った時、あの親子と目が合った瞬間に大きく仰け反った。仰け反ったのは康司だけではなかった。竜斗少年の父親も複雑そうな表情で驚き仰け反っていた。

その真意を確認しないまま、康司はばつが悪そうに会釈する。無意識のまま足が前に進み、

「こ、こんばんは」

康司は竜斗親子の様子を窺うように声をかける。まだ、びっくりした気持ちを落ち着けることができないままで、どうしたものかと心の中で自問自答を繰り返している。

「こんばんは。久しぶりやね」

竜斗少年の父親が、康司に負けず劣らずの挙動不審ぶりではあったが、なんとか冷静を保ったままで大人の対応を返してくる。

「こんばんは。お兄さん、久しぶり」

大人二人の探り合う空気を一切無視して竜斗少年が、子供らしい笑顔で話しかけてきた。

「本当だね。元気にしてましたか？」

康司は優しい表情を竜斗少年に向ける。

康司としては、様子を窺うジャブ的な質問であったが、返ってきた竜斗少年の返事は、

「ううん。この前、お兄さんと会った次の日から熱が出て、ずっと学校お休みしてた。だから今日は、久しぶりにここのお風呂屋さんに来たんだよ」

「え、ホントに⁉」

なぜか、自分が原因ではないかと勝手に罪の意識に襲われる康司。急いで父親の顔

を見てみると、父親は「そうやねん。ビックリしたでぇ」と言うや否や、

「だから今日は、風邪引かへんようにすぐに帰らんとな」

と、康司の動きを牽制するかのような発言をする。

そう言われると、康司は何も言えなかった。前回、自分ではどれほどの時間を脱衣所で過ごしたのか覚えていなかったし、その時間のせいで風邪をひいたと言われても言い返せないからである。

「そ、そうですよね」

真実を確かめることのできない残念な気持ちと、真実を確かめなくて済む安堵感に、またしても複雑な表情を浮かべる。

三人は裸のまま立ち尽くす。このままではまたしても竜斗少年が風邪を引き、熱発するかもしれないと思った康司は、

「じゃ、今日はしっかり温もってから上がって、風邪引かないようにして帰ってね」

と、好青年を演じる。

竜斗少年がうんと頷くと同時に、

「よっしゃ。じゃ、しっかりお風呂で温もって帰ろうか?」

と、父親が竜斗少年を浴槽に促す。むしろ、康司から引き離そうとしているようにも見えたが、康司は想いを笑顔で隠し、軽く会釈すると自分からその場を離れた。敢

えて、二人から遠く離れるように浴場の奥へと進む。

康司が大浴槽の前で片膝をつくと、洗面器でかけ湯をする。

片足を入れた時に竜斗少年も同じ浴槽に入ってきた。

「おいおい、リュウ」

竜斗少年の父親が慌てて声をかける。どうやら父親は我が子が康司と接触することを快く思っていないようである。康司にも竜斗少年の父親の心情が察することができたので、

「ほら、リュウ君。お父さんが呼んでるよ」

と、父親に示すようにオーバーリアクションで促し、笑顔で竜斗少年の肩を触って振り向かせた。

「もう。しっかりと浸かれって言ったのに〜。ここでもいいでしょ？」

嫌味のない子供っぽい困り顔で正論を発すると、大人二人はハハハとカラ笑いする。

その直後、

「チェッ。僕、お兄さんに言いたいことがあったのになぁ」

と呟いた。小さな声量だったにも拘らず、密閉された空間では驚くほど響いた。

「え、何？」

「え、何？」

父親と康司が同時に訊いた。二人は同じように困惑した表情を浮かべている。

父親は、何か不吉なモノを見るかのような顔で、康司は自分が予想した答えに近いモノが飛び出すのではないかと緊迫した顔だった。

二人の大人と一人の少年を取り囲む空間だけが、異常なほど重苦しく感じる。気圧が急変したのではないかとさえ感じる。

「あのね……」

大人二人の緊張を余所に、無邪気な竜斗少年が口を開く。

大人二人が鉛と化した唾を呑み込む。

「……あれ、何だったかな～？　何かお話ししたいなって思ってたんだけどな～」

首を肩に付くぐらいに傾げて腕組みをする姿は、まさに子供であった。

「はは、ははは……」

またしても大人二人は同時に同じセリフを口にし、全く同じタイミングで緊張を解いた。父親は、これ以上不可解なことが起きなくて良かったと思い、康司は、普通では有り得ない想像がまだ発生しないで済むと安堵した。

しばらくその場で悩んだポーズをしていた竜斗少年であったが、くるりと康司の方を向き直し、

「じゃ、帰るね……ヤス兄ちゃん」

湯船を出る際に、小声で囁いた。

ハッと息を呑み、目を見開いた康司。

「なんで、俺の名前を知ってる？」

そう心の中で叫んだ。

驚きのあまり声にならなかったからだ。数秒前の安堵感が、倍以上の驚きに増幅されている。

そんな康司を見越してか、

「僕もなんでヤス兄ちゃんの名前を知ってるのか、分からないんだぁ。でも、間違ってないでしょ？」

竜斗少年は無垢な笑顔を浮かべて答える。

身動き一つできないまま立ち尽くす康司を余所に、小走りに父親の元に駆け寄る竜斗少年の背中が見えた。

竜斗少年の父親は、固まった康司の表情を見て怪しんだが、我が子の手を取って一礼するとすぐに脱衣所へと向かった。

「またね、お兄ちゃん」

片手を父に引かれながら、もう一方の手を振って康司に挨拶する竜斗少年。顔の筋肉が凝り固まったままの康司は、壊れたロボットのように小さく右手を振り返すのが精一杯だった。

親子の背中がドアを越え、完全に見えなくなって数秒後、康司は湯船に体ごと沈み込んだ。一分近く無心で潜っていたが、限界になったので飛び上がった。

「はあ、はあ、はあ～」

肩で呼吸をしながら心を落ち着ける。銭湯のお湯に浸かっていたにも拘らず、背筋が寒く、吐く息が冷たい。

「なんで、なんで名前を知っている？」

自分に問いかける康司は、同時に今までのやりとりを思い出している。

この銭湯を利用して数年経つが、実は常連さんの名前など一人も知らないし、誰にも自分の名前を告げたこともない。

意外とそんなもので、他の常連さんと話をしていても、「ほら、○○なおっちゃんいるでしょ」とか、「ここによく来られる白髪で太ったおじいさん、最近見ないよね？」など、第三者を話題にしても誰も名前で言わないものである。

康司も、いろんな方々に声をかけられ、仕事やどんなスポーツをしているのかなど質問されてきた。

その都度返答してきたが、名前を聞かれたことはなかった。

だから、竜斗親子にも名乗ったことはないし、名前を尋ねたこともない。

もちろん、竜斗少年の名前を康司が知っているのは、父親がそう呼んでいるのを何度も耳にしているからである。この銭湯では名乗ったことが皆無のはずなのに、康司のことを「ヤス兄ちゃん」と呼んだ。

今度は湯船の中で三角座りをしてみる。もはや、膝を抱きしめて震える身体を抑え付けているようにしか見えない。

様々な憶測が康司の頭の中を駆け巡る。あらゆる仮定、馬鹿げた妄想が浮かんでくる。幾多にも浮上する可能性。その可能性はどのようなプロセスを辿っても、行き着く答えは一つだった。

「やはり、あの少年には何かある」

その漠然とした確信が掴めた時、康司は湯船を出た。急ぎ足で脱衣所に向かう。

竜斗少年と、もっと話がしたい。もっと質問してみたい。馬鹿げた妄想が現実になるかもしれないとの期待が足を動かす。

しかし、そんな康司の足を理性が止める。大浴場と脱衣所を隔てるガラス越しに、竜斗少年の父親が不安そうな表情で息子を見る姿が見えたからだ。

身体をバスタオルで拭き取る竜斗少年。そこから少し離れて見守る父親から、紛れもなく戸惑いの眼差しが向けられていた。

竜斗親子の微妙な距離感にたじろいだ康司の視線に気が付いた父親が、康司の方を向いた。

——来ないでくれ！

そう言っているような目だった。その眼には、困惑、疑念、悲哀、いろんな感情がこもっており、父親が今直面している問題の大きさを表していた。

そう、あの日以来、竜斗少年の父親も悩んでいたのだ。

会話らしい会話をほとんどしたこともないはずの竜斗少年と康司が、奇妙なほどに息ピッタリで話をしていた。しかも、父親が聴いても、全然理解できない内容だった。にも拘らず、二人は驚いたり、しまったと言わんばかりの顔をしたり、終いにはたじろぎ、康司に関しては逃げ帰った。

必ず何かある。

そう感じて、その何かが不安を煽るようなモノにしか思えなかった。今後はなるべく、二人を会わせない方が良いと察した。

もちろん、考え過ぎじゃないかと思いもしたが、翌日には竜斗少年が突然の熱発。

父親は再び怖くなった。

竜斗少年が子供らしくない言動を取るようになったのは、数年前の熱発からだ。不安の正体は分からないままだが、その不安の存在は確認できたように思えた。

竜斗少年の熱が下がると、父親は安心したがあの銭湯にだけは連れて行かないようにした。

父親も竜斗少年も、かなりの風呂好きで週に一回は行きたいタイプである。週一回の銭湯に行けないと疲れが取れない気がするし、とてもウズウズする。

なのに、竜斗少年はあの日以来、他の銭湯に行きたがらない。他にも銭湯はあるし、話題のスーパー銭湯もちょっと車で行けばある。

父親が銭湯に行こうと誘っても、

「どこのお風呂屋さん？」

と質問し、別の銭湯だと聴かされると、

「じゃ、今日はいい」

と答える。

「そんなこと言わんと、行こうよ」

と父親が再度誘うが、そうなると竜斗少年はなんとなく気が向かないと顔を顰めて訴える。そう返答が返ってくると、これ以上は食い下がれないし、強制することもできない。

銭湯に連れて行くことが原因で、また熱を出すかもしれないとの心配もある。何が原因か分からないからこそ、余計に手も足も出ない状態であった。

こんな日に限って父親一人で他の銭湯へ行くのだった。

しかし、この銭湯へ行くこと以外では、竜斗少年に特別な変化や異変は見られない。

時々垣間見られた、不思議な威圧感、父親が言うおっさんのようなオーラが出ることもなく、何処で覚えたのかと思うような歴史上の人物名を口にすることもなかった。

気にし過ぎなのかもしれないとの安堵感と、二か月ちょっとの時間が、掴み所のない不安の存在をぼやかした頃、ふいに竜斗少年が父親に訊いた。

「お父さん。あのお風呂屋さんには行かないの？」

一瞬、返答に詰まったが、

「う、うん。そうやな。最近は行ってないなぁ。なんでなん？」

と質問し返してみた。

「う～ん。別に～。ただ、なんとなく。久しぶりに銭湯行きたいなって思ったから」

「お、そうか。じゃ、最近お父さんが気に入って通ってるスーパー銭湯に一緒に行こうか？」

「……うん」

意外なほどあっさりと快諾が返ってきたことに驚いた。これは良かったと思い、二人で久々の銭湯へと出発した。

銭湯でも家に帰ってからも何事もなく、ホッとしていたが、就寝前の竜斗少年に、

「久しぶりの風呂屋さん、良かったやろ？　また一緒に行こうな」

と声をかけると、

「うん。今日のお風呂屋さんも良かったけど、やっぱりあのお風呂屋さんがいいなぁ。次はあのお風呂屋さんに連れて行ってね」

と、満面の笑みで返事が返ってきた。父親が何か言い返そうとしたが、竜斗少年はスタスタと自室へと歩き去った。

父親はなぜか釈然としなかった。どことなく、謀られたような気がする。いや、そんなことを計算して行うような年齢だとは思えない。

――でも……。

忘れかけていた気味悪さがフツフツと湧き上がってきた。

竜斗少年の父は、迷った。

しかし、以前と同じように漠然とした不安の中で判断しなくてはならないので、決定打を見出せない。

そうなると、楽観的な判断基準での考え方になってしまう。

――あの野球の兄ちゃんにさえ会わなければいいだけか……。

そもそも、名前も知らない康司がいつあの銭湯に来るかなど予想できない。もしかしたら、仕事が忙しくなって銭湯に行ける状況ではないかもしれない。病気になっていたり、交通事故で入院したりしているかもしれない。この二〜三か月の間にどこかへ引っ越ししていたり、海外赴任になったりしているかもしれない。もう二度と会わないかもしれない可能性もある。

そんな考えが頭の中を埋め尽くすと、久々にあの銭湯に行ってみるかとの気持ちになった。まぁ、これで康司に出会うようなことがあるなら、それこそ何かあるのだろうと呆れるように笑った。

この時点では、会う訳がないと思っていた。念を入れて、少し時間を遅らせて、しかも平日にした。

竜斗少年には、事前に伝えることなく突然、「リュウ、あの銭湯に行こうか？」と声をかけた。

テレビを観ていた竜斗少年は、「え、今から？　ん〜……」と考え出し、「じゃ、行く」と振り向いた。

竜斗少年を連れて銭湯の暖簾をくぐる時、脱衣所に足を入れる時、服を脱いで浴場に入る時、父親は何度も康司の姿を探した。康司がいないことを確認する度に、どこかホッとしていた。

張り詰めていた警戒心が、温かいお湯に解され、久しぶりに我が子としっかりと話せたことで霧散した直後、康司の姿が目に入った。

その瞬間、もはや驚きと言うよりも、恐怖で顔が引きつった。

――やっぱり、何かあるんか⁉

この二～三か月の間に抱いていた不安が、具体的な形になるのではないか、だからこれ以上近づかないでくれと心が喚いていた。


そんな竜斗の父の心情までは分からない康司だが、父親の様子を目の当たりにすると、自分が抱いている好奇心だけでかき回していいことではないと理性が釘を刺した。

父親と康司の視線が無言の会話を交わし終えると、康司は何事もなかったように踵を返した。

一番傍にあった水風呂が目に入るや否や飛び込むと、頭まで潜り込んだ。自分の中に発生した好奇心の熱を冷ますためである。息が続く限り潜り続け、身体の芯まで冷えた頃に飛び出すと、すぐさま温かい湯船に滑り込んだ。

ふと目を更衣室に向けると、ちょうど竜斗親子が脱衣所を出る後ろ姿が目に入った。

家に帰った康司は項垂れた。いくら有り得ない内容の妄想だとは言え、竜斗少年とその父親に迷惑をかけるかもしれないのに、自分勝手な行動をしようとしたことに情けなくなった。

一度テンションが下がると、一気に今までの好奇心にも陰りが濃くなる。

「知らぬが仏……か」

脳裏に浮かんだ言葉が、自然と口からこぼれた。その自分で発した言葉が耳に入ると、小さく笑い、大きく深呼吸をし出した。

凝り固まった心と体を精一杯伸ばした後、何事もなかったように眠りについた。

次の日、康司は気を取り直して仕事に没頭した。イライラしていた会社内の人間関係にも一線を画し、自分の業務に集中した。本来、集中しだすとのめり込めるタイプで、気が付けば退社時間だった。

そこから三十分かかったが、今日取りかかった営業先へのプレゼン資料をキリの良いところまで仕上げ、サッとタイムカードを打刻する。

通勤も自転車を使う康司は、愛用の自転車に跨る。夕方の空気が心地よかった。

そういえば、今日は仕事中に一度も竜斗親子のことは思い出さなかったなぁと振り返り、よしよしと頷いた。心の迷いを断ち切るのに、仕事はもってこいだと感じた。

今日ほど集中して作業できた日が今までにあったろうかと感心するほどに捗った。

明日もこの調子で仕事して、今回のプレゼンを成功させてやるんだと息巻いた。

実際のところ、康司はこのプレゼン資料を週末までに仕上げ、余裕を持ってプレゼンに臨むことができた。そして、今までにない大手一流企業との契約に結び付けることができた。

康司の会社では、この功績を大金星と祝い、金曜日の晩には会社近くの居酒屋で祝勝会が催された。

特に今回の大金星を喜んでくれたのが、父司郎の友人である社長だった。

社長が乾杯の音頭を取る際には、

「康司くんが今回、我が社に大きなチャンスを獲ってきてくれました。数々の大手ライバル社とのプレゼン勝負では、もう、それは見事なプレゼンだったと先方から聴いております」

普段は康司のことを苗字で呼ぶのに、もうこの時点で興奮しているのだろう。この辺りから社長が目頭を押さえ始めた。もともと涙もろい人柄ではある。

長年働いている従業員達は、「ま~た始まった」と肩をすくめた。

「ヤス君。本当に、ほんどうにありがどう。俺は、君のお父さんにも世話になり、そして今回、君の功績で今までにないほどの仕事を得ることができました。実は昔、ヤス君のお父さんが生前の頃……」

半泣きになりながら社長がまだ喋ろうとするが、専務の奥さんが割って入り、

「はいはい。長い長い。ビールが温くなるでしょう！」

会場はドッと笑いに包まれる。

この一連の流れもお決まりの一幕である。

「そ、そうか」

社長は鼻をすすり、改めてビールジョッキを持ち直す。

「ともかく、これでまた我が社は一段と忙しくなります。従業員の皆さんには苦労もかけますが、皆で協力して今回の仕事を成功させたいと思いますので、よろしくお願いします。では、乾杯！」

「乾杯！」

乾杯の唱和と同時にジョッキグラスのぶつかる音が響く。

今回の立役者とも言うべき康司の所には、入れ代わり立ち代わりで乾杯の儀式が行われる。康司自身、ビール好きで、冷たいままで飲み干したい気持ちもあるが、これも皆が喜んでくれるならと笑顔で乾杯に応える。最後に回ってきたのは、すでに涙をポロポロとこぼしている社長と奥様だった。

康司は二人の顔を見た瞬間に、

「え、もう泣いてるの？」

と言う代わりに、ちょっとおどけて表情を顰めてみた。

「ヤス君。そんな表情しないでよ～」

社長がバンバンと康司の肩を叩いてくる。

涙として水分が出る分、ビールで水分補給しているからか早くもテンションが高い社長は続け様に、

「けど、今回は本当によくやってくれた。プレゼン勝利、おめでとう。そして、ほんっとうにありがとう」

と康司の肩を抱きながら感謝を述べた。

社長のテンションは最高潮に達しようとしているようで、感情の昂ぶりが収まらない。ビールによる水分補給が涙に追いつかなくなってきた。

ぐずりながらも話を続ける社長。

「ホント、ヤス君がこんなに立派になって、お、俺は嬉しい。流石、司郎さんの息子さんや。司郎さんがあの時親身になって俺等の話を聴いてくれてなかったら、今、この会社はなかったはずなんだ。ぐずっ。そもそも……」

社長は酔うと必ず康司にこの話を聴かせようとする。

この会社を存続させるか否かで悩んだ時、色々とアドバイスとサポートをしてくれたのが、父司郎だったという内容である。しかも、自分の仕事が忙しいのにも拘らず、時間を工面しては何度も何度も現場に足を運び、自らも作業をしたという。

初めてその話を聴いたのは、康司がこの会社に中途採用されて間もない頃だった。康司は父を亡くしてすぐに、体調を崩し、情緒が不安定になっていた。その時、例の同僚をつまらないことで殴ってしまい、怪我を負わせてしまっている。

康司は責任を取る形で、辞職した。もちろん、上司や他の職場の人は、例の同僚が悪いと一目瞭然だったので、懸命に引き留めてくれたが、どこか自暴自棄だった康司は、振り切って辞めてしまったのだ。

突然のことに、母はまぁと驚き、姉にはこっぴどく怒られた。康司が会社を辞めて約二週間後、社長からの連絡が自宅に入った。

電話は母が受けた。母曰く、父司郎が懇意にさせてもらっていた会社の社長さんからで、母も何度か会ったことがある。

社長はつい先日、共通の友人から司郎の死を耳にしたと言う。その頃、社長の会社は、ちょうど繁忙期でとても顔を出せなかった、と泣きながら謝った。

そこから話が広がって、残された家族は大丈夫か、などと心配して尋ね、何かあっ

たら必ず相談してくださいと何度も言われたそうで、母は思わず、康司の現状を話してしまった。すると、

「息子さんさえ良かったら、一度、うちの会社を見学に来てみませんか？」

と、躊躇なしに言ってきた。電話をかける前から想定していたのだろう。

母は喜びながらも、本人に相談して折り返し連絡するとお礼を添えて返したという。

「ヤスくん、一度、お会いしてみれば？　本当に社員想いのいい人なんだから」

康司は母親の勧めで会うことにした。自発的に会う理由もなかったが、断る理由もなかったからだ。

話はトントン拍子に進み、見学後には十日間の試験的な働き方で適性を見て、更に一週間後には雇用に至った。会社側は是非とも働いて欲しいと、康司にラブコールを送ってくれた。

母と姉はいたく喜んだが、康司はどうでも良かった。康司が働くと決めた理由は、部門が、一度始業するとあまり他の人と接しなくてもいい製造部門だったからだ。

今の康司にとっては、家にもいたくない。仕事では営業をしたくない。一人で黙々と作業できる環境。これらがそろっていたからの再就職だった。

その後、特別なことはなく、ただ淡々と康司は働き、社長は一企業の管理者として康司に接した。

お互い、仕事の話はしても、プライベートについてはほとんど触れなかった。

康司の心が落ち着きを取り戻し、仕事への意欲がフツフツと出てきた頃、康司が入社して初の飲み会が催されることとなった。

飲み会幹事から報告を受けたが、あまり気が乗らなかった康司は、一度は渋い顔をして断りを入れた。

すると珍しく社長が仕事中に声をかけてきてグイグイと飲み会参加を促してきた。

「まぁまぁ、康司君。そう言わないで、初めての飲み会を通してうちの会社を知ってほしいんだ。司郎さんの法事とか、よっぽどの用事じゃないなら、参加してよ」

康司が見たこともない懇願の表情で肩を叩かれた。思わず、

「……そういうことなら参加します」

と、答えた康司は続けて付け加えた。

「でも、たぶん一次会で失礼すると思いますので、そこだけは勘弁してください」

康司の言質を受け取ると、ぱっと笑顔を咲かせた社長は自分の仕事に戻った。

その飲み会で、初めて社長と父司郎について話をした。社長は酔いもあってか、司郎の話をし出した途端に、号泣し始めた。

目から水分を垂れ流し、熱く語り、一息入れると口から水分を補給した。この会社が、どれだけ司郎の世話になったかを泣きながら説明する。

社長の言い分を要約すると、不況で誰もが見向きしなくなった時、唯一手を貸してくれたのが司郎だった。その恩を返すつもりでいたのに、突然の訃報。しかも、その報告を耳にした時は、葬式が終わって一週間ほどしてからだった。このままでは、恩を返せないと悲しくなり、途方に暮れそうになった。

しかし同時に、康司が身体を壊して会社を辞めたと聞き、報恩できるのはここしかないと思ったそうだ。

それからは、飲み会で社長が酔っ払って泣きが入る度に聞かされている。そのはずなのになぜだろう。康司はいつもとは違う感じ方をしていた。

常に父の背中を追っかけているような重圧から抜け出せたのか、または、あの親子との出会いのせいか、今までのような重苦しさはなかった。

「親父は……親父じゃないですか、社長。僕は僕で、しっかりとこの会社に恩返ししていくつもりですから」

大泣きで思い出を語る社長を遮って、康司は少し照れたような、でも自信が宿った決意の表情で社長夫妻に笑った。

「や、ヤズぐ～ん！」

社長の涙腺はさらに崩壊し、普段は勝気な奥様もホロリと涙した。

康司にとっては単なる決意表明であったが、思いのほか社長夫妻を泣かせてしまったことに気まずくなったので、続け様にこれからの業務について話し出した。

「社長。それよりもこれからのこと、聴いてくださいよ。以前から僕は製造部門をやらせてもらってますけど、うちの会社が持つ技術はその辺の大手になんて、絶対負けませんよ。ただ、宣伝というか、営業に力を入れてなかっただけなんです。だからですね……」

一つの大きな事業功績を築いた今だからこそと康司は常に考えていた業務プランを打ち明ける。熱く語る康司とそれを真剣に聴く社長。その二人の姿に、若かりし頃の司郎と社長が重なり、社長の奥様は涙を拭きながらウンウンと頷くのだった。

仮定

昨晩は何時に帰宅したのか、康司は全く覚えていなかった。目が覚めると肌着のまま布団の中だった。

昨晩の飲み会のことを思い出しても、社長に熱く語り出したところまでしか出てこなかった。その話の後、社長からどの辺りまでの理解を勝ち取ったのかを知りたかったが、記憶が大事なところで欠けている。一所懸命思い出そうとするが、それ以上に頭や体が痒くてそれどころではなかった。

二日酔いで体中がだるい。しかし、どこか勝利の美酒に酔ったという誇りもあって、気分良くシャワーに入れた。

さっぱりした後は、特にすることもなく、服を着てはフラフラと町へ出かけた。昼前といったこともあり、何か食べたいなぁとキョロキョロしていた。家の近くに大型の家電量販店とスーパーの複合施設があり、フードコートがあることを思い出した。

大きな欠伸をしながらなんとなく足をそちらに向けた。この時までの康司はまだ目が覚めていなかったと言ってよい状態だった。

しかし、次の瞬間には思考が止まり、数秒後には最高速で頭が回転しだした。

この一週間、すっかりと忘れ去ることができていただけに、康司の眼には突然、竜斗少年が現れたようにしか考えられなかった。竜斗少年はフードコート付近の通路でキョロキョロと周りを見回していた。

突然の再会に驚いた康司ではあったが、まだ竜斗少年がこちらに気付いてないことにホッとし、同時に誰かを探しているような竜斗が心配になった。竜斗少年の見えない死角に入り込むと、たじろぐ己を落ち着けた。

両手で力強く髪をかきあげながら、自分に与えられた選択肢を思い浮かべる。ざっくりと分けて、二つの選択肢。話しかけるか、この場を離れるか。

この二つの選択肢がありながらも、欲望と理性の凌ぎ合いでは理性側に不利な状況で、話しかけたいとの想いが優勢である。それゆえ、選択肢の半分が削除されたに近い状態である。しかも、その選択が仕方ないと康司の中で正当化されつつもある。

――かなり無理っぽいと言われていた仕事も上手くさばけた。それどころか、会社に大金星をもたらした。昨日は勝利の美酒に酔いしれた。そう、俺は昨日したたま飲んで、まだ二日酔いの状態。酔っ払っているんだ！

最終的にはアルコール摂取による酩酊状態であるとの言い訳が成立した。だから、これから自分が竜斗少年に声をかけても問題ないと結論付けた。

　一度そのように考えがまとまると、もうそれ以外の理由は見当たらなかった。理性側最後の砦となった竜斗の父への義理も、頭をかすめた瞬間に欲望によって塗りつぶされてしまった。

　康司は死角から出て竜斗少年を見据えた……かったが、発見した場所には誰もいなかった。

「しまった！」

　そう口走りそうになったが、辛うじて口を閉ざすことができたので、悔やむよりも早く動き出そうとした。しかし、

「あれ、ヤスお兄さん！」

　と、足元からの声に驚き慌てふためいた。すでに竜斗少年が横にいるではないか！

「っおぉう～!?」

　こればかりは声を殺せなかった。驚きが口からこぼれ落ちたが、

「リュ、リュウト君か。ビックリした～」

　と、すでに演技を始めていた。

　いつも通り澄ました顔の竜斗少年を見て確認すると、

「あれ、今日は、お父さんは？」

とわざとらしく身体を捩って周りを見回した。

「今日は友達と一緒にここまで遊びに来たんだよ。でも、友達とはぐれちゃって」

友人を探しながら竜斗少年が応える。康司は、ここぞチャンスとばかりに、

「まぁ、すぐに友達には会えるんじゃないかな？　それより、たまにはジュースでも奢ってあげるよ。どう？」

と、作り笑顔で言ってみたものの、自分で聞いても怪しすぎる。

が、竜斗少年は「やった〜！　ジュース〜」と疑いの欠片すらない喜び方で返してくる。意外と簡単に二人きりになれたので拍子抜けした康司だが、何も考えないようにしながらフードコートへ向かった。

「どれがいい？」

竜斗少年にメニュー表の前で訊くと、ん〜と腕を組み、唸りながら考える姿に子供らしさを感じた。そう感じる自分もいたが、同時にこの少年には何かあると確信している自分も康司の中にいる。

康司と竜斗少年が並んでジュースを買っている姿は、知らない人が見れば親子にしか見えないだろう。

竜斗少年はコーラを、康司はアセロラソーダを注文し、パッパと運ばれてきた二つのカップを手にすると、康司は片方を竜斗少年に手渡した。

「ありがとうございます！」

嬉しそうに受け取る少年の顔を見てしまうと、これから何かを聴き出そうとする大人の自分が汚れているような気がしてならない。でも、チャンスは今しかないと自分に言い聞かせて行動を続ける。

「どうしようっか？　とりあえず、友達が見付かるまで一緒に飲む？」

「うんっ！」

竜斗少年が無邪気に即答すると、康司はちょっと驚き、大きな後ろめたさに苛まれる。

「じゃ、見やすいように角っこに座ろうか」

たまたま見回したら、四隅の内の一角だけ誰も座っていないことを確認できた。そこを指差して竜斗少年の了解を取ろうと下を向いた康司だが、すでに竜斗少年はそちらに向かって歩き出していた。

歩きながらストローを吸う姿を後ろから見つめていた康司は、急いで追いかける。追いつくまでの数秒と、目的地のテーブルに座るまでの数秒。合計しても数十秒の間に、康司は何度も自問した。

――本当にこんなことしてもいいのか？　こんなこと、ほぼ犯罪じゃないのか？

後で父親にばれたら、怒られるんじゃないか？　そもそも、この少年に何を訊くんだ？　って言うか、なんて訊くんだ？

そう自らに問いただした時、何一つ納得のいく答えも言い訳も出せなかった。そうなると、だんだん自分の行動が怖くなってきた。

だからと言って、急に竜斗少年をほったらかして帰ったりするのは、後々事態を悪化させるのではないかとも推測される。ならば、ここは普通に竜斗少年とジュースだけ飲んで、他愛のない話をして解散に持ち込むのが上策ではないかと咄嗟に思いついた。

康司の心のどこかに、惜しい、もったいない、などの気持ちは残っていたが、それ以上に、この後の不安が存在感を増してしまっていた。

一頻り葛藤し終える頃には、目指していた四人掛けテーブルに着いた。竜斗少年の背中しか見えていなかった康司。奥に竜斗少年を座らせ、全体を見回せるようにしておいた。

康司は自分が座る椅子の前のテーブルにジュースを置き、こちらを見ている竜斗少年に気が付いていたので、無言の笑顔で応えながら座ろうとすると、

「こら。犯罪だぞ！」

と、竜斗少年の声が聞こえた。康司は言葉の響きは確認できたが、その意味までは分からず、キョトンとした目で竜斗少年を見た。すると続け様に、

「こんな少年をかどわかして……」

と、右目を大きく開け、左目を細めた竜斗少年が言った。

――……えっ⁉

康司は後ろに仰け反り、支えきれずに尻餅をついた。何か言いたげな口は、パクパクと声にならないままに動いている。

流石にここまで大きくこけると、周りの注目を浴びてしまう。

「もう～、お兄ちゃん。何してるんだよ～。ほら、早く起きてよ、恥ずかしいなぁ」

竜斗少年の姿をした人物が機転を利かせて、周りに聞こえるような声で言った。

この時、康司はいつもの竜斗少年と今の竜斗少年の雰囲気が変わっていることに気が付いていなかった。周りの客からクスクスと笑われていると気が付いた康司は、カクカクと首を縦に振って立ち上がると、すぐさま席に座る。目の前に置かれていたジュースをストローで一気に飲み干した。

「ふふふ。まぁ、そう慌てるなよ。だいたいの察しはついてたんだろ？」

余裕の醸し出し方がとても子供のものではないが、康司の前に座る竜斗少年は不敵な笑みを浮かべながら康司を見ていた。

驚きを通り越し、恐怖で全身に冷や汗をかいている康司はやっとの想いで竜斗少年を直視できた。自分の心臓の鼓動と呼吸音が感じ取れるほどの極限状態ではあるが、まず確認しなくてはならないことがあると意を決する。

「お、お、オヤ……ジ？」

康司の恐る恐るの質問に対し、目を一瞬たりとも離さずに発することができる言葉は、これが限界だった。

「おう、そうだよ。何を今更」

と、軽く笑い飛ばして竜斗少年の姿をした人物が答える。康司は自分の記憶を必死で辿った。

確かに、父司郎は冗談好きで、父ならばこのように答えるだろうとの見解も容易に考えられる。だが、父司郎は死んだのだ。今から九年前。肝臓ガンで四十七歳で死去。同い年の母は、今や五十六歳になり、孫である姉の娘を毎日可愛がっている。姉は現在三十三歳。実は、父司郎がガンと分かった時に姉を送ってくれた上司が旦那さんで、ある意味、父司郎の死が結び付けた縁と言えなくもない。

そんなどうでもよいことまで頭の中を駆け巡ったが、目の前に突き付けられた言葉だけでは受け入れられない。

ならば、とゆっくり呼吸を整えながら康司は質問をした。

「名前は？」

「誰の？」

笑いながら返答されると、なぜか苛立ってきた。

「あなたのです！」

一切の冗談が受け入れられないと見たのか竜斗少年の姿をした人物は鼻で大きく息を吸ってから、

「竜斗……今はね。前は司郎」

と話の途中から真面目な表情になって答えてきた。

さらっと話の核心を言っている司郎と名乗る竜斗ではあるが、今の康司には次は何の質問をするかしか考える余裕がなかった。

「僕の母、父司郎の奥さんの名前と誕生日は？」

「僕の姉、父司郎の娘の名前と誕生日は？」

続けて極めてパーソナルな質問をしてみる。

父司郎が、身内の名前の書き間違いを嫌い、家族の誕生日を知らないなどはもってのほかと家族に言い聞かせていたことを思い出しての質問であったが、簡単に正解を言われてしまった。

「じゃ、僕の名前と誕生日は？」

どこかムキになっている自分にも気が付かず、質問を続ける康司だが、これもまた躊躇なく答えられてしまう。ここまで簡単に答えられると認めざるを得ない気持ちになってきた。

しかし、でも……と、この信じがたい事実を認めてしまうことに抵抗してみる。そんな康司の葛藤を見ながら、微笑を浮かべる竜斗少年……の姿をした司郎だった。

チューッとコーラを一口飲むと、

「ヤス。本当だって。俺自身も最初は信じられなかったがね」

ヤレヤレと困った風の表情をしながら康司を諭した。

「……でも……」

チラッと目と目が合うと、康司は目を逸らしてしまう。なぜか、竜斗少年の目を見つめることができなかった。俯く康司を見ていると、司郎は自然と笑みが浮かんだ。

「で、どうしたら俺だと認めてくれるんだい？」

竜斗少年の声で喋っているが、話し方は父司郎そのものだった。俯いて話を聴く康司には、目の前に座る人物は司郎にしか思えない。

「………」

それでも無言でしか会話できないでいる康司は、自分でもどうしたらいいか見当もつかない。いや、いくつか思いついても、実行する気力が湧かないと表現した方が正しい。

目の前にいる竜斗少年が、自分の父の生まれ変わりで、なぜか前世の記憶を取り戻している。そう認めてしまえばいいと思う自分が康司の中にいる。反対に、そんな非科学的な現象が起こる訳がないと冷静に考える自分も康司の中にいる。

冷静な康司の思考は、この事象がどれほど有り得ないことなのかを順序良く提示している。康司が現実を受け入れられないのが手に取るように分かる司郎は、

「よし、じゃこれでどうだい？　この前の風呂屋さんで、ヤスが何を考えていたかを当ててみせよう」

目を見開いて康司が顔を上げた。口は半開きである。

「この前って、前回の……？」

「いや、前回は俺じゃなかった。だから、その前だな」

「……前回は？」

「まぁ、詳しい話は後だ。とりあえず、三回前、いや二回前だったか、風呂屋で会った時のことだ」

司郎のペースで話が進み、康司が疑問に思った節は後回しになったが、それでも二回前の康司が考えたことを言い当てるというのは康司にとって気になる内容だった。

康司がゆっくり頭（かぶり）を振ると、

「あの時、お前は竜斗君を変わった子供だなって思ってたはずだ。で、俺のいつもの癖を見て、たぶん俺に怒られたか、注意されたことを思い出していたはず」

手をグッと握りしめた康司は、人形のように頷き続ける。その康司の反応を見て確信を得た司郎は、

「だろ？　まぁ、たぶん、お前の小学校時代の参観日の件だろうな。ほら、あの道徳の授業だよ」

司郎の言葉を聴いた瞬間、康司は口に手を当ててしまった。全くの図星である。意のままに驚く康司を見て、再び司郎は右目を大きく開けて、左目を細めた。口にはしてやったりの笑みが浮かぶ。

「どうだ？　もっと詳しく話してやろうか？」

大きく左右に首を振った康司は、次第に小刻みに震えながら腰が引けた。

「なんなら、中国史についても喋ってもいいぞ」

司郎は生前、中国歴史小説が好きだったこともあり、また、その影響で康司も友人からはマニアと呼ばれるぐらいに中国史には詳しかった。

「ちょっと水でも飲んで落ち着けよ」

司郎が挙動不審で落ち着かない康司に声をかけた。康司は首だけをブンブンと振って、言われるままに飲み干したコップに水を入れに行った。

この時点では、もう思考回路はほぼ停止しており、自分で考えて質問することができなくなっていた。それどころか、自分の目の前で現実に起こっている奇蹟を受け入れることで精一杯である。よくよく考えれば、嬉しいはずの奇蹟なのに、突然すぎる幸福も、受け入れ難いようである。

ドリンクコーナー横のアルカリ飲料水を入れて席に戻るまで、何をどう考えればいいのか分からなかった。席に着いて水をゴクゴクと飲んだ。

一息ついた後、なんとか吐き出せた言葉は、

「なんで？」

これだけだった。康司なりに必死に考えた上での言葉だったが、今の彼にはこれ以上の質問はできなかった。

「……その『なんで？』って質問は、どの部分に対する『なんで？』なのかな？」

困ったような笑顔を浮かべる竜斗少年。だが、精神は司郎である。司郎からの質問返しにあって初めて、自分の質問が答えを導き難いものであるかを知った康司だが、だからと言ってどのように補足すればいいかも分からずに狼狽するのみだった。

康司の狼狽えっぷりをクスッと笑い、司郎は助け船を出した。

「俺も、なんで生まれ変わったのかは分からないよ。だいたい、俺自身がビックリしたのに」

生前の口調で冗談ぽく話す司郎は、悪戯っぽく笑う。だが、実際康司の前で笑っているのは竜斗少年なので余計に不気味に映る。

「まぁ、お前の気持ちも分からんでもないけどな。死んだ人間が転生して、その上自分の前に現れるんだもんな。しかも、生前の記憶まで持った状態で。こんなもん、マンガやアニメ。ゲームやSFだよな」

ふふっと笑った後に、司郎は手を叩きながらこう言った後に続けて、

「宝くじで十億円当てるよりもレアだぞ」

司郎は一人で腹を抱えている。康司もつられて笑っていたが、次第に腹立たしくなってきた。それにも気が付いているのか、司郎は、

「怒るな、怒るな。悪かったよ。ちょっとふざけ過ぎた。ヤスとこうして話せるとは思ってなかったから、つい……」

康司の感情一つ一つを見落とすことなく、先手を打って会話の主導権を離さない。

「おふざけはこの辺にしておこう。お前の『なんで?』に対する一つの答えを言うと、どうしても協力して欲しいことがあるんだ。だから、俺はお前を探していたし、真実を話した」

「は？　探していた……?」

司郎の答えに唖然とする康司は、思わず身を乗り出して詰め寄った。聴く態勢に入っ

た康司を確認して、司郎はコーラを一口飲んで、空気を改めた。

「順を追って説明する必要があるよな。最初から話すと、こうだ」

司郎もグイッと竜斗少年の身体を前に寄せると、両手を組んで両肘をテーブルに置いた。

＊　＊　＊

司郎はゆっくりと事の経緯を整理しだした。

まずは、司郎の意識が覚醒した時の話。実はこの覚醒のきっかけを康司は竜斗の父から聞いている。竜斗少年が四〇度近い熱を出して昏睡状態にまで陥った時の話だ。

司郎曰く、本当ならこの時に竜斗少年は命を落としていたであろうと。しかし、そんな危機的状況を打破したのが、司郎の意識だったという。

司郎の意識は気を失って恒常性、ホメオスタシスが低下していく竜斗少年の中で覚醒したらしい。まずは司郎の意識自身も驚いたが、それ以上に今まさに死ぬかもしれない本体を救うべく、必死に竜斗少年を励まし続けた。一昼夜にわたり励まし続けた結果、竜斗少年は生死の峠を越えることができたという。

しかし、司郎の意識は疲労困憊によって眠るように消えたそうだ。その数時間後に竜斗少年は意識を取り戻す。

だが、この時にはすでに司郎の意識も覚醒しており、竜斗少年の中で棲みついていたことになる。竜斗少年の中で司郎の意識は存在していたものの、竜斗少年越しに物事を見て、感じる程度だった。これが司郎の意識が覚醒した時の一連の流れだと、竜斗少年の声で真面目に語った。

この段階で、康司は真実とか虚偽だとか判断することなく、ただ唖然と聴き入っているだけだった。

次に話題になったのは、司郎の意識が初めて竜斗少年の肉体を乗っ取った時の状況であった。これも後々思い出せば、竜斗の父が口にしていた内容で、夜中のクイズ番組で中国の歴史問題の答えを寝惚けた竜斗が正解したという話だった。

この日も、司郎の意識は覚醒していた。しかし、寝食を竜斗少年のリズムにほぼ合わせるようになっており、竜斗少年と共に二一時頃には布団に入って就寝していた。

しかし、竜斗少年が尿意を覚えて寝惚けながらトイレに移動した。

これは珍しいことだった。普段なら一度眠りについた竜斗少年が起きるなんてことはないのだが、この日はたまたま目が覚めた。ただし、覚めたと言っても、ほとんど寝惚けた状態であった。

眠い目を擦りながらヨタヨタと歩く竜斗少年だが、その数分前から司郎の意識も起きていた。司郎は、竜斗少年に怪我がないように意識を張り巡らせていたら、リビングでクイズ番組を観ているご両親が目に入った。

しかも、そのクイズ番組の問題が耳に入って来た。ご両親は珍しくトイレに起きてきた竜斗少年に驚き、でもそんなこともあるかと様子を見るだけにしていた。

ご両親が心配しながらも見守るだけにしている様子を感じ取った司郎は、竜斗少年が転ばないように集中することにしたが、思わずクイズの問題の答えを意識の中で答えた。

「呂不韋！」

司郎はこれまでも、意識の中で声を出すことは何度もあった。竜斗少年が熱で昏睡状態に陥った際には大声で、「がんばれ！」と励ました。通学途中で単車が飛び出してきた際にも素早く大声で、「危ない！」と声をかけた。

しかし、その声は竜斗少年の体内でのみ響き、司郎にしか聞こえない声だった。それなのに、この時は何かが違った。司郎自身も驚いたが、竜斗少年の口から「りょふい」との声が漏れたのだ。

相変わらずヨタヨタとトイレに向かって歩きながらではあるが、その響きは竜斗少年の鼓膜を揺らし、司郎に聴こえた。

ほぼ同時にクイズ番組の司会を務めるお笑い芸人が正解を発表し、テレビには説明のテロップが映し出される。瞬きを忘れて大きく目を見開いたままご両親が竜斗少年を凝視する。

司郎はあまりの出来事に愕きたじろいだ。今までにたった一部でさえ、本体を意のままに操れたことなどなかったのに、この時に限って口を動かしてしまった。いや、口が動いてしまった。

恐ろしくなった司郎だが、何事もなく竜斗少年はトイレに入る。小便を済まし、部屋に戻る際にはご両親が恐る恐る声をかけてきた。

「リュウ……、大丈夫か？」

司郎は自分の存在がばれてしまうのではないかと思って肝を冷やした。しかし、竜斗少年は、

「う〜ん？　なあに？」

と、やはり寝惚けたまま目を擦りながら応えた。

「い、いや。なんでもないんや。気を付けてベッドに戻りや」

ご両親は半信半疑の表情を残したままではあったが、偶然、たまたまという言葉を使って納得しようとした。

司郎はというと、たった一回のまぐれとはいえ、司郎の意識が竜斗少年の本体を操った事実に戸惑った。竜斗少年がベッドに再び潜り込み、すぐさま寝静まっても、司郎の意識は昂ぶっていた。

＊　＊　＊

「で、その後どうしたの？」

ここまで司郎の話を黙って聴いていた康司だったが、もう大人しくはしていられないと言わんばかりに質問してきた。

「……ん、まぁ、この後は俺なりに色々と考えてだな……。ともかく、自分なりに試行錯誤の上で、いくつかの事実が分かったわけだ」

竜斗少年の顔が曇り、目を一瞬逸らしながら答えた。その様子には全く注意が行き届かない状態の康司は続け様に訊きなおす。

「何が分かったの？」

視線を戻しながら竜斗少年、いや、司郎は話し出した。

「……俺の意思で、この身体を乗っ取る方法」

顔を近づけた分、小声になったが、竜斗少年の声に凄味がかかり、康司には司郎の声にしか聴こえなかった。しかし、それ以上に重い意味を含んだ言葉だと判断できたのは、数秒後だった。

――乗っ取る？

口だけを動かして、声になるかならない声量で康司はオウム返しするのが精一杯だった。そんなことが可能なのか？　という顔をする康司を見て、眉を寄せる竜斗少年。

「ヤス、お前、なんて顔してるんだ？　今だってそうだろ」

「あっ⁉」

今度は開いた口が塞がらない康司。言われてみればそうなのだが、康司は驚きの連続で、物事を順番に整理することができていなかった。

無意識のまま開いた口を手で塞ぐ康司を見ていると、司郎は心許なくなったのか、

「おいおい、そんなことじゃ、頼めるものも頼めないじゃないか。しっかりしてくれよ」

と、竜斗少年の顔を顰めた。

「ご、ごめんなさい」

康司は司郎に怒られたと思い、条件反射的に謝罪してしまう。

しかしながら、今の康司の状況で、驚くこともなく、慌てることもなく冷静に対応できる者などまずはいないだろう。康司はそのことすらも見えていない。

「で、その……頼みって？」

もう、何も考えずに耳で拾うことができた単語を追いかけるのみとなった康司だが、その一言で司郎も冷静さを取り戻した。

「そう。それだ。頼みごとがあるから、お前に真実を告げたんだ」

苛立っていた司郎は、

「まぁ、時間もないし、本題に入ろう。頼みってのは、しばらくあの風呂屋で俺達親子と会って欲しいんだ」

落ち着きを取り戻した司郎の口から依頼内容が飛び出た。

頼みと耳にして咄嗟に、「二度と竜斗親子の前に姿を現すな！」と言われると思っていた康司は驚いた。想像とは真逆の内容に、聞き間違えたのではないかと聞き直した。

「会うな。じゃなくって、会うの？」

力強く頷いた竜斗少年は腕を組み、

「そう、会うんだ。もちろん、条件があるぞ。それは、お前が竜斗親子と会って、竜斗パパさんの前で竜斗少年と世間話をするんだ」

と、真剣な眼差しで答える。

康司がなんで？　と目で訴えているのを察知して、司郎が続ける。

「俺の存在をご両親から消すためにだ」

「は？」

司郎の直球過ぎる返答に追いつけない康司は、もっと分からないと目をクエスチョンマークにした。

「相変わらず、鈍い奴だな〜。ちゃんと説明するからよく聴いてくれよ」

康司の直観力のなさを嘆く司郎。この状況下で普段通りに脳を起動させる方が難しいながらも、自分の息子の成長が垣間見られなかったことにイライラしているようだ。

「さっきの話の続きになるが、今でこそ俺が竜斗少年の意識を制して肉体を乗っ取ることができるようになったが、最初は不可抗力だった。そのせいで、何度もご両親の前で心配させるようなことをしてしまっている。それでも何とか誤魔化せていたが、そうも言ってられなくなった」

腕組みした竜斗少年が一度下を向き、目を据えて康司の目を見た。

次に出てくる言葉が予想できる康司は息を呑んだ。

「そう、お前と銭湯で再会したからだ。あの時は俺も思わず……。まぁ、そんなことはどうでもよい。ただこのことで、竜斗パパさんは本格的に竜斗少年のことを怪しんでいる。このままじゃ、竜斗親子の関係はぐちゃぐちゃになるだろうし、カルトな宗教にだって踏み込みかねない。このままだと、必ず家族が崩壊する。だからこそ、竜斗パパさんの抱く邪推を解消してあげなくちゃいけないんだ」

司郎自身は気付いていないだろうが、生前の熱い語り口調になっていた。康司はそれをもう一度耳にすることになるとは思っていなかった。司郎の言いたいことは概ね理解できたが、それ以上に、父が本気で語っているからこそ協力しなくてはならないと無意識に感じ取った。

康司が置かれている奇妙な今の状況を理解できたわけではない。でも、司郎の頼みを聴いて、自分がやるべきことが明確になった。竜斗少年との不可思議な会話から始まり、司郎が真実を告げるまで、信じられない現象の中で自分の立ち位置さえも確認できなかったが、やっと確信できる情報が入った。

康司は不確かの中から、一つだけ確信めいたモノを手にすることができた。この時、顔には不安しか現れていなかった康司の表情に、変化が見られた。康司の目に力がこもったように見える。

「お⁉」

竜斗少年が驚きの表情を浮かべた。まるで、嬉しい驚きがあったかのようにニヤッとした。

司郎は康司本来の表情を見た気がした。同時に、頼もしさを感じ取った。

「で、どうしたらいいの？」

康司からの問い掛けを嬉しそうに聴いた司郎は、

「それでだな……。あ⁉　やばい。竜斗君の友達だ！」

これから作戦会議という時に、竜斗少年の友人達がこちらに気が付いたようで、遠くから歩いてくる。

「ともかくだ。俺は竜斗親子に迷惑をかけたくない。だから、お前の力が必要なんだ」

ガタッと椅子から立ち上がり、両手をテーブルについて竜斗少年の身体を前のめりに持ってくる司郎。

「時間がない。後は自分で考えろ。俺の息子であるお前ならきっと分かってくれると信じてるぞ！」

竜斗少年の右目が大きく開かれ、左目は細められ、口元には笑みが浮かんでいた。

しかしその刹那、何かを思い出したかのようにキッと顔付きが変化して、切迫した表情で、

「ただし、このことは母さんやお姉ちゃんには言ったら駄目だからな！」

と、付け足した。康司は訳も分からず首を縦に振り続けた。

今回の奇妙な再会の全体像が見えかけた康司にとって、この段階で打ち合わせ終了というのは非常に口惜しい。

その上、何故最後に母親と姉に他言するなと言ったのか、その理由を知りたかった。

もう一言、二言でも情報交換したかったが、もう自分の後ろにまで近づいた少年達の気配に口を噤んだ。これ以上は何も話せない。そう悟った康司は無言でコップを手に取った。

「リュウ君、どこにいたんだよ～」

友達のリーダー格の少年が喋り出した。康司は水を飲み干してコップを置くと、気持ちを切り替えて振り向いた。

「あ、ごめんごめん。ちょっと僕とお話をしてたんだ」

康司は身体を振り向かせて少年達に声をかけた。康司が竜斗少年の父親ではないと確認すると、リーダー格の少年は怪訝そうに尋ねる。

「おじさん、誰？」

「リュウ君の知り合いさ。なぁ、リュウ君？」

少年達の質問に差し障りない返事をして、今度は竜斗少年の方に顔だけ向ける。竜斗少年は返答することなく、虚ろな目でこちらを見ていた。

その様子を見た瞬間に、先刻までの竜斗少年ではないと感じ取った康司は、

「ほら、リュウ君が友達とはぐれたって言うから、一緒にジュースでも飲んで待ってようって言ってたんだよね」

と、康司にとって都合の良い事実だけを伝えた。

「うん、確か……そうだった気がする」

まだぼ～っとした竜斗少年だが、必死に記憶を辿ろうとしている。

「何、確かって？　ほら、一緒にジュース飲んでたじゃない」

康司はテーブルの上のカップを指差して、できる限りの作り笑いで話をつなげる。

「で、お風呂屋さんでよく会うよねって話をしてたんだけど、ちょっとリュウ君が眠たそうと言うか、しんどそうだったから、どうしたものかと思ってたところだったんだよね。そこへ、お友達が来てくれたんだよ」

「ふ〜ん」

リーダー格の少年はあまり興味がないような返答だけして、

「じゃ、早く帰ろうぜ」

と自分の言いたいことだけを言ってその場を離れようとする。

康司はリーダー格の少年の態度が気に入らなかったが、竜斗少年の様子の方が気になっていたので、

「リュウ君、ちょっと体調悪そうだから、気を付けて帰るんだよ。ちゃんとお友達に送ってもらって。あと、帰ったらゆっくり休んだ方がいいかも」

康司の忠告に小さく「ハイ」と答えた竜斗少年はイスから立ち上がる際、若干のふらつきが見られた。それでも、すぐに少年達からはぐれまいと後を追おうとした。

「あ、コーラ、ありがとうございました」

小さく頭を下げながら礼を言うと、何事もなかった、否、肝心なことは何も覚えて

いないというようにフラフラと去って行った。

フードコートで軽めの昼食を取った康司はアパートへと戻った。ベッドに寝転ぶと、この数時間のことを振り返る。自分が想像していた馬鹿げた妄想が現実に起こるとは、まさに恐れ入った。

まさか、まさかとは思っていたし、もし現実ならばと淡い期待感もあったのは間違いない。

しかし、その常軌を逸した妄想が目の前で実現し、しかもそれを当事者から証明された訳だから、何をどう整理したらよいのかに困る。

先程までの会話、一つ一つを思い出してはその都度、本当だったんだろうか、現実だったんだろうかと疑問を抱く。その都度、頬を抓ってみるが、当然痛い。

ベッドで仰向けに寝転ぶ康司は、何度も自分の体に触れて、感触があることを確認した。先程までの数時間が夢や幻だったのではないかと思っている。

でも、自分の手が頭や腕、顔に触れる感覚はある。だから、本当なんだと己に言い聞かせ、溜息をつく。自分が思い描いていた妄想では、死んだ父の転生した少年と出会い、みんなハッピーエンドを迎えるものだと楽観していた。

しかし、現実は全く反対で、このままでは父が転生した少年に関係する人間すべてが不幸になるかもしれず、事態はかなり深刻で重苦しい雰囲気である。しかも、司郎とは肝心な問題解決の部分の話し合いを持つことができなかった上に、解決方法は自分で考えろと言われてしまっている。

――どうやって考えろって言うんだよ！

康司は独り愚痴て、舌打ちした。混乱する脳内を清浄化するべく、考えられ得る部分から掻い摘んでいくことにした。

1　死んだ父司郎は、竜斗少年に転生した。
2　最近になって、父の人格？　意識？　が、竜斗少年の身体を支配することができるようになった。
3　偶然再会？　した銭湯での父と俺との会話で、竜斗の父が本格的に疑い始めた。
4　竜斗少年のご両親が気味悪がっており、家族関係崩壊の危険性が高くなっている。
5　父は、竜斗少年の家族に迷惑をかけたくない。
6　あの銭湯で、なぜか世間話をしろと言われた。
7　俺の母や姉には、父が転生していることは伝えてはいけない。

ベッドでゴロゴロと寝転がりながら考えて、諳（そら）んじていたが、大事なキーワードを見落としていたり、忘れてしまったりするのではないかと不安になり、飛び起きては机に座り、メモに書き留めた。

　改めて書き出して眺めてみると、何とも表現できない気持ちになる。書き留めた一つ目からして常識を超越している。目の前で死んだ人間が、輪廻転生の理に則って、生まれ変わっていたというのだ。しかも、前世の記憶を持っている。

　康司は、フードコートでの司郎とのやりとりを思い出しては身震いをした。あれは間違いなく自分の父だと思う。母、姉、自分の名前と生年月日を言い当てたことも、調べれば誰にでも可能とも思ったが、それを竜斗少年が康司を騙すためだけにするだろうか。するとしたら、何のために？　そう考えると、まず有り得ない。

　そして、あのジェスチャー。あれは父が成人した頃からの癖と、母からも祖父母からも聴いている。

　何より、自分が子供の頃から何度も目にしている。そして司郎から出た、康司が小学校だった頃の授業参観の話。

　実は康司が成人を迎えた時、地元のお祝い会で飲みに行ったことがある。友人の南ら数人と共に、司郎ら父親達も参加していた。康司の住む地域は、昔から青年団の結束が強く、このような機会は少なくなかった。その飲み会で、酔っ払った南が司郎のジェスチャーが幼少期から好きで真似をした時期があると言ったのだが、それを耳にして康司は、そのジェスチャーが怖かったと力説した。

特に、小学校の参観日の帰り道で見たジェスチャーが一番印象に残っていると告白すると、周りは笑いに包まれた。

その時のことを司郎は覚えていたのであろう。だからこそ、康司が銭湯で疑問を抱いた時に授業参観のことを思い出していると推測できたと考えられる。

ここまで考えをまとめたら、メモに書き留めた一つ目の項目〈1　死んだ父司郎は竜斗少年に転生した〉というのを信じなくてはならない。

むしろ、信じなければ先には進めない。この項目1を事実と捉えてこそ、初めて次以降の項目が存在できる。

ぼ～っとメモ用紙全体を眺めていた康司は、信じるか否か、信じていいのか否かを何度も何度も自問自答した。

虚ろな目でメモを眺めて何分が経ったのだろうか。信じる、信じないの明確な答えは出なかったが、もう一度会って様子を探りたいという欲求が出てきた。

もう一度竜斗少年に会って、父司郎の意識を呼び出して話をした上で、今回の不思議な再会劇から手を引くのも選択の一つだと心を決めた。そうなると、あの銭湯に今まで以上に行かなくてはならない。

ならば､司郎から言われた通り世間話をしなくてはならなくなるのだが､ここに至ってなぜそのような指示が出たのかが理解できた。

先刻までは冷静に思考、解析できていなかったのが情けなくなって、康司は自らを嗤った。

竜斗の父の前で、竜斗少年は普通であると認識させ、考え過ぎだと思わせればいいのだ。

項目6の意義が理解できれば、項目2～5は単なる状況説明でしかないのだが、改めて父司郎の性格が表れていると感じた。冗談好きではあったが、厳格で正義感の強い父ならば、不本意とはいえ引き起こしてしまった今回の事態を収拾したいと感じているはずだ。

そう思うと、やっぱり自分が知る父司郎じゃないかと鼻で笑った。

銭湯に会いに行くことまで決意できた康司だが、七つ目の項目には自分なりの答えを見出せなかった。

――なぜ、母さんや姉さんには言っちゃダメなんだ?

この項目について考えを巡らせた時、最初に出てきた仮定は、母も姉も「まず信じない」だった。

「まぁ、信じてもらうのにかなりの時間が必要だよなぁ」

思わず口に出た想いだが、信じてもらうために説明するのは想像しただけでも相当に疲れる。ましてや、竜斗の父に気付かれないようにしながら、竜斗少年に会わせて、しかも司郎の意識を覚醒させるなんて作業は不可能としか思えない。

この時点で、康司の思考回路はショート寸前だったので、防衛本能から考えるのを止めた。

後は、父司郎に銭湯で会い、世間話の後に確認すればいいと結論付け、身体をベッドに投げ込み、枕に顔を埋めた。

遭遇

早速、次の日の日曜日から康司はあの銭湯に向かった。

しかし、実際に銭湯に来て気付いたが、竜斗親子に会える確率の低さに愕然とした。それもそのはず。竜斗少年が独りで来る訳もなく、司郎の目論見から考えれば親子で来なければならない。そうなると、銭湯に来るかどうかは、竜斗の父の都合になる。司郎と大体の時間ぐらいは約束しておけばよかったと悔やむ康司だが、司郎と時間帯を定めたとしても守られる保証はない。すべては竜斗の父次第であるという事実に気が遠くなった。

もしかしたら、もう来ないかもしれない。可能性だけで言うなら、そんなことも充分に有り得る。

事態が思うように進まなくなると、その状況が疎ましく思えるのは誰しも同じであろう。

康司はここにきて、司郎、竜斗親子と連絡が取れないことがもどかしくて仕方ない。元より、竜斗親子がどの辺りに住んでいるかも知らず、竜斗の父の携帯電話番号や自宅の電話番号も知らない。小学生である竜斗少年が携帯電話を持っているなんて聞いたこともない。

本名も知らないので、ＳＮＳのアカウントを検索することもできない。

公私ともに、携帯などの端末によっていつでも連絡が取れることに慣れてしまった康司にとっては不安、苦痛でしかない。

普段より長湯になった康司は、水風呂に浸かったり、脱衣所に出て適度に休憩を挟んだりしながら様子を窺っていたが、約一時間が限界だった。

「……これは、暫くは毎日だなぁ」

不安交じりの溜息を康司は吐き出した。

＊　＊　＊

結局、銭湯で竜斗親子には会えないまま二週間の十四日目が過ぎようとしていた。

この銭湯は定休日が水曜日なので、康司は定休日以外なるべく通った。

もちろん、雨が降っているので行きたくない日もあったし、仕事が立て込んで行けない日もあった。それでも通わなかったのは、二週間十四日間の内、定休日の二日を含めて四日だけだった。

普段から銭湯好きを公言している康司ではあるが、それでも週に二回、多くて三回がアベレージと言ったところか。それがこの二週間だけで十日も通ったわけである。

それなのに竜斗親子には会えない。

これればかりは運というか、運命というか、不思議なモノである。遇う時は打ち合わせとか一切してもいないのに連続して遇うくせに、遇わない時は全く遇わない。誰にもそんな経験があるのではないだろうか。

康司は今日も遇えないようなら、いっそのこと、いつも通り自分が銭湯に行きたい時だけ通うようにしようと心に決めた。

そして十四日目の夜。やはり竜斗親子には遇えなかった。

——……仕方ない、仕方ない。次のプレーに集中しよう。

草野球を通して学んだフレーズを心の中で繰り返し、康司は気持ちを切り替えてアパートに戻った。

次の日は日曜日で、朝から草野球の練習。そしてその後に練習試合があった。

仕事のことも、嫌なこともすっかりと忘れられる時間を過ごすことができた。

康司にとってはここ最近の有耶無耶としたフラストレーションを爽快に晴らしてくれる機会となった。いつも以上の全力プレーで伸び伸びと練習することができ、その上で練習試合にも挑めたので、上出来のスコアを残すことができた。

友人でもあり、草野球チームの監督でもある南が、

「やっくん、何か良いことでもあったの？　それか嫌なことでもあったぁ？」

と、7回4打席目で2塁打を放った2塁ベース上の康司に向かってメガホンで叫ぶ。

冗談交じりの発言に、チームメイトとその家族が大笑いする。ベンチとその周りが活気付くのを見て、康司は目を細めてべ〜っと舌を出した。

もちろん、この日の練習試合は康司の活躍もあって快勝。

康司は打つ方で5打数4安打1フォアボール。守っては、鉄壁の守りで相手チームのチャンスの芽を摘み取る活躍を見せた。

練習試合が終わり、夕方前からいつも通り皆で大手中華料理チェーンに入って祝勝会が行われる。チームメイトとその家族が和気藹々と今日の試合内容をネタに飲食しながら盛り上がる。

なるべく一堂に会せるような席を用意してもらっているので、彼方此方で笑いが起き、賑やかな宴となる。

今日の勝利の立役者とも言える康司も、興奮しながら今日の試合を振り返る。時に声を大きくしてふざけてみたり、また時には真面目に語ってみたりと、有意義に宴を過ごしていた。そんな中、選手兼監督を務める南が別席から近寄ってきた。横には見たことのないカップルを連れている。

康司は浮かれすぎていたのでその青年に気が付かなかった。

「で、これが今日の攻守の主役。ヤスシくん」

と、康司よりも少し若いカップルに紹介した。

「はじめまして。今度から南さんのチームでお世話になることになりました。よろしくお願いします」

と青年が爽やかな笑顔で挨拶してきた。

奥さんらしき女性も、笑顔で会釈している。

「あ、これは失礼しました。浮かれてて、ご挨拶が遅れました」

まずは冗談ぽく場を和ませるような返事をしてから、康司はしっかりと自己紹介した。

このカップルは夫婦で、夫は伸一、嫁が早苗と言い、二十代半ばで、結婚を機に最近こちらに引っ越ししてきたことが分かった。

どうやら、この夫婦は今日の練習試合の途中から見学に来ていたらしい。祝勝会にも最初から参加していたのだが、康司は全く気が付いていなかった。

南が頃合いを見計らって、伸一夫妻を紹介して回っていたのだ。

「いや、本当に申し訳ない。全然気が付いていませんでした」

申し訳なさそうに謝る康司を見て、伸一夫妻は気にしないでくださいと笑顔で首を振った。

そのやり取りを見ていた南は、

「え、本当に気が付いてなかったの？　有り得ないよね！」

と大声で言い、周りを沸かす。

康司は伸一夫妻を同席に迎えると、さらに詳しく訊いてみた。南もちゃっかり同席していたが、別のメンバーと話に花を咲かせていた。伸一と南は共通の知り合いがいるらしく、その人を介して知り合ったらしい。

そんな折、伸一が早苗と結婚を機に康司や南が住む町に引っ越すことになったので、挨拶に来たとのことだった。

伸一は野球の経験がないどころか、学校で体育の授業以外でスポーツをしたことがないらしい。見るからに知的なタイプで、サラッとした爽やかヘアでメガネが似合う容姿をしている。そんな伸一ではあるが、今日の練習試合を一目見て、この草野球チームで野球をしたいと即決したらしい。

早苗はスポーツ万能らしく、現在働いている会社が持つバスケットボールクラブにも所属しているほどで、仕事よりもバスケに精を出しているらしい。ショートカットが似合う美人で、ハキハキとした話し方に好感を覚える女性だと康司は感じた。

「それにしても綺麗な奥様ですね。伸一さん、どうやったらそんな美人の嫁さんがもらえるか、独身の僕に教えてよ」

会話の流れから、康司が切り出した話題。何の他意もなく、康司は笑顔で訊いてみたが、伸一も早苗も黙り込んだ。

二人はお互いを見つめ合い、アイコンタクトで頷き合うと、

「また今度、詳しくお話ししますよ」

と、伸一が照れ臭そうに言った。

思わず黙ってしまった康司は、二人の意思を尊重して追究しなかったが、何かあると思わせる素振りだと感じた。が、そこへ南が割って入ってきた。

「ヤスシ、それ気になるよね。俺も伸一君に訊いたけど、そこだけ教えてくれないんだよね」

南の話を聴いて、再び伸一夫婦に目を向ける康司だが、やはり二人は恥ずかしそうに見つめ合っていた。

「その話はいずれ、必ず」

伸一は康司と南の方を向いて静かに、でも揺るがない強さを見せながら応えた。

「……世の中には、不思議なことってホントにあるんですよ」

と、意味深な発言を残して微笑んだ。伸一の後ろで、早苗も微笑を浮かべていた。

康司も、南もそれ以上は訊けないような笑顔だった。

康司はその言葉と笑顔にここ最近の自分の境遇が重なった。

「ＯＫ、その話は次会った時の楽しみにしておくよ。とりあえず、今日からよろしくね」

康司は笑顔で右手を伸一の前に差し出す。伸一が思いの外、力強く握って、堅い握手が交わされた。

祝勝会という名の飲み会が終わり、いつも通りに解散となった。ほとんどが、家族で車に乗り込む。少数が自転車やバイクで帰っていく。

康司は自転車に荷物を載せると、施錠した鍵を外そうとする。南が家族を車に乗せると、康司の元にやって来た。何か業務連絡かと思っていた康司だが、肩と肩が触れ合うぐらいに近寄って、

「ヤスシ、ホントに何もないか？　まぁ、悪いことじゃなければ別にいいんだけど」

どうやら南は康司の異変に気付いていたらしい。

「ヤスシは昔から、野球で良すぎる時は何かあった時だからなぁ」

昔からの付き合いもあってか、康司に良いか悪いかは分からないが、何かあったのではと察したのだろう。康司は、こういった微妙な変化やサインに目が行き届く南を尊敬していた。普段から、とても同じ年齢とは思えないぐらいに気配りのできる男だ

と感心している。

南と目を合わせた康司は、南になら父司郎の件を相談してもいいかもしれないと思ったが、次の瞬間にはその時ではないと小さく首を振った。

「大丈夫だよ」

笑顔で返事をすると、先程までの伸一・早苗夫婦の話が思い出された。

「でも、世の中には信じられないようなことがホントに起こるんだよ」

康司は意地悪な笑みを浮かべながら南に呟いた。康司の身の上を心配している南は、康司の反応を見てホッとしたようでもあったが、数秒後には康司に突っ込みを入れていた。

「とにかく、何かあったら連絡しろよ」

康司の肩をバンバンと叩くと、南はそう言い残して車に戻った。

感謝の意味を込めて南一家に手を振って見送る康司。司郎のことも知っている南にならこの今回の奇妙な再会について話してもよかったのではないかとの自問があった。

手を振りながらずっと考えていた。でも、今はまだその時ではないとの直感に従った。もしかしたら、伸一・早苗夫妻も同じ気持ちだったのではないかという気がした。

いつもの康司なら野球帰りにそのまま銭湯に寄るのだが、この日に限って銭湯の用意を持ってこなかった。

今日も遇えないだろうと諦めていたから、朝から用意せずに野球に行ったのだ。でも、適度な運動とお腹が痛くなるぐらい笑ったせいか、心身ともにスッキリするとあの銭湯に行きたくなった。

＊　＊　＊

一度自宅アパートに戻ると、銭湯セットと着替えを抱きかかえて、再び自転車に飛び乗った。不思議と竜斗親子のことは頭になく、ただ心地よい疲労感に酔っていた。

銭湯に着くと、なるべく話をしないように入場券を悪口しか言わない番頭のおばさんに渡し、いつもの脱衣ロッカーに服を投げ入れる。

素っ裸になると、銭湯セットを小脇に抱えて浴室に入っていった。

「……!?」

湯煙の向こうから竜斗親子が康司の方を見ていたので、息が止まりそうになった。

竜斗親子が予期せぬ登場をしたので、動転しそうになる康司だったが、唾を呑み込むと笑顔で竜斗親子に近づいて行った。

「こんにちは。お久しぶりです」

この二週間、遇ったら何と切り出して会話しようかとイメージトレーニングし続けた成果がここにきて発揮されている。竜斗の父のペースだと自分がボロを出すと畏れた康司は、ならばと自分から積極的に話しかける戦法を執った。

竜斗の父は最低限の挨拶は行ったが、眉間に皺の寄った顔で無言だった。その様子も目に入っていたが、康司は気に留めないようにしている。

竜斗親子が入っている浴槽を一直線に目指して進む康司は、手前で桶を取り、竜斗親子に話しかけながらかけ湯をし始めた。

「竜斗君、この前は大丈夫だった？　心配してたんだよ」

二回、三回と念入りにかけ湯して汗を流すと、竜斗少年に話しかけながら湯船に入る。

「いや～、この前ね、家の近くにあるホームセンターのフードコートで竜斗君に偶然、お会いしたんですよ」

竜斗の父から質問される前に先手の話題提供で自分のペースを作る。康司から一番確認したかった内容が出てきたので、竜斗の父は思わず身を乗り出して、

「ちょっとその話、詳しく聞かせてもらってええかな？」

と、いつもの陽気さは全く見せず拒否できないような雰囲気で詰め寄った。

しかし、康司の想定では竜斗の父が有無を言わせず激怒するパターンまで検討して

いたので、慌てることなく返答できた。

「ええ、いいですよ」

竜斗の父には真面目な表情で向き合う。

「竜斗君。ちょっと待っててね。お父さんとしっかり話するから」

康司は笑顔で竜斗少年に言葉をかける。でも、気持ち的には司郎に伝えている。

話が始まる前に、康司は一度浴槽に入り、「あ〜、気持ち良い〜」と声を出して大きく伸びをした。自分のペースと優位な状況を維持するためだ。

「さて……」

康司は話が長くなると言わんばかりに浴槽の縁に腰掛け、足だけを浴槽に入れた状態で竜斗の父の隣に寄った。竜斗の父も康司と同じ格好で待機していた。

竜斗少年は、何やら大人達がいつもとは違う雰囲気を醸し出していることに気付いて、無言で、大人二人を交互に見ている。

「君と、ホームセンターで偶然遇ったってリュウはゆうとったけど……」

「ええ、二週間ぐらい前の土曜日、昼頃ですかね」

竜斗の父が康司のことを〝君〟と呼んだのは初めてのことで、その話し方から竜斗の父がいつもの陽気さを殺していることが分かる。康司を見る目と、声に重い圧力が籠る。

康司はその圧力に気付きながら、上手く流して受け答えをする。

「僕が昼ごはんを……」

「君と会うと、リュウは熱を出して寝込むんだ！」

「え、またですか⁉」

康司が昼ご飯を食べるためにフードコートに行ったと説明するつもりだったのだが、竜斗の父は我慢しきれずに話の腰を折った。その上で、抱えた苦渋を吐露するように荒々しい言葉を吐き出した。

康司は竜斗の父がこんな口調で話すことに驚いたが、それ以上に内容に驚いた。

竜斗少年は、康司とホームセンターのフードコートで会った後にも熱発したというのだ。

確かに今回から数えて三回前の銭湯で、康司と話をした後に竜斗少年が熱を出して寝込んだとは聞いている。しかし、今回も熱を出したとあっては、康司自身も罪の意識が芽生えてしまう。

もちろん、自分が原因だという確信はない。だが、竜斗の父からすれば、どう考えても康司が怪しいと映ってしまう。

その怪しいを説明しろと言われてしまうと困るのだが、結果だけを見た場合、竜斗少年が康司と会うとその晩に熱を出すのはかなりの高確率になる。

「あの日、リュウと君の様子がおかしかった日の晩にリュウは熱を出した。三日うなされるほどの熱だ。前回、ここで遇った時も熱が出るんじゃないかと思った。でも、リュウは元気だったよ。だから、思い込み過ぎたかと思ったさ」

康司の目を見据えて話す竜斗の父。親としての気迫が声にこもり、狭い風呂場に小さくこだまする。

「やけど、今回もそうだった。二週間前、仕事が終わって家に帰ったら、リュウが倒れていたんや。家内はおろおろしていたよ。やっぱり三日ほど寝込んだんやけど、看病してたら、また君と偶然会ったって言うたんや」

もはや竜斗の父の声には怨みの重さが含まれている。

――お前が悪いんちゃうんか?

そう言っている。

康司が想定していたイメージトレーニングから逸脱していなかったが、ここまで激しい想いをぶつけられるとは考えていなかった。康司は息を呑み、目を逸らせなくなっていた。このままでは竜斗の父の気迫に呑まれてしまうとの危機感が冷たい汗をかかせた。

しかし、司郎との約束を果たしたいとの想いが、腰が引けそうになった康司の心を食い止めた。

「……お父さんが僕を疑う気持ちは分かります」

毅然と言葉を返すと、康司は改まって竜斗の父の顔を見た。

「でも、前回この銭湯でお会いした時は、熱出なかったんですよね。その怪しいと疑っているより前はどうでしたか？」

敢えて冷徹な話し方で問いかける。

「それに、もし僕が怪しいと思われるなら、なぜ今日また、リュウ君を連れて来てるんですか？」

康司が間髪入れずに問い詰める。

「………」

康司の質問に答えられない竜斗の父が、無言で目を逸らした。

数秒の沈黙が大人二人の間に発生する。康司は目を逸らさずにじっと竜斗の父を見続けた。

その視線に耐えられなかったのか、竜斗の父が口から大きく息を吸って吐き出すと、

「……すまん」と、首をもたげて謝罪の言葉を発した。

「いえ。こちらこそ、言い方がきつくなっちゃいました。すみません」

康司は目を逸らさずに、頭を下げた。

「いやいや、こっちが悪いねん。ホンマ、ゴメンやで」

竜斗の父は康司の方へ向き直って、苦笑いを浮かべた。

「アカンな、俺も。どうしても自分の子の話になると熱くなってしまうねん。ふつう、どう考えても兄ちゃんが悪い訳あらへんのに。……ホンマにアカンなぁ」

自分の言動に辟易した様子が表情に出て、竜斗の父は何度も頭を掻いた。

「いや、そんなの親なら誰だって感情的になりますよ。もし僕に子供がいて、特定の誰かと会う度に熱が出るなんて分かったら、まずそいつを疑いますもん」

康司が竜斗の父に同情を示すと、やっと竜斗の父は小さくはははと笑い、頷いた。

「でも、ホンマに勘弁してな。もう、なんかな、マンガや映画じゃないけど、何か得体の知れないモノが蠢いてるんちゃうかってしか考えられへんかったんよ。もう、疑心暗鬼ってヤツやな」

「マンガか、映画って。例えば僕がリュウ君に呪いをかけてるとか？」

竜斗の父の弁解を聴いて、すぐさま康司は冗談ぽく切り替えした。

「そうそう。黒魔術かけられるとか、実は兄ちゃんが宇宙人で謎の電磁波を出していたとか」

いつものノリの良さで竜斗の父がかぶせてきた。やっと大人二人の間に笑顔がこぼれた。つられて竜斗少年も笑う。重苦しかった雰囲気を脱して、竜斗少年が、

「お父さん、お水飲んでくるね」

設置されたウォータークーラーに向かって行くため、浴槽の縁に座った大人二人の間を抜けようとする。

「おう」

「行ってらっしゃい」

竜斗の父が返事し、康司が優しく声をかける。康司はあながち外れていない竜斗の父の推理に内心驚いていた。

しかし、事実にある程度近い、的を掠めるような意見も出るかもしれないと想定していたことが幸いした。どことなく、康司の心はすっきりしていない。

別に嘘をついている訳ではないのだが、知っている事実を伝えられないことが後ろめたい。しかし、それ以上に、竜斗の父の慌てふためきぶりを目の当たりにすると、司郎が言っていたことは大袈裟ではないと背筋が震えた。

このままでは、家族崩壊も起こり得る。それを阻止するためにも、ここは康司自身が冷静に話を回さなくてはならないと意を決した。

「けど、確かにヘンな話ですよね。なんで、僕と遇った後に熱が出る確率が高くなるんでしょうね」

康司は首を捻りながら腕を組んだ。そういえば、その謎には問いかけたことがなかった。

「もちろん、兄ちゃんに遇ったら必ずって訳でもないし、兄ちゃんに遇うようになる前にも、たまにおかしなこと言うなぁと思ったら、次の日から熱出すことはあったしなぁ」

眉を寄せて目を細める竜斗の父が、康司に同調して腕を組んだ。大人二人が同じポーズで、同じように黙り込んでしまった。

そこへ、竜斗少年が戻ってきた。

「おう」

「お帰り」

竜斗の父が戻ってきた竜斗少年を確認すると、康司が笑顔で声をかける。

「リュウ君。また熱出したんだって？　今日もお風呂屋さんに来て大丈夫なの？」

竜斗の父と話すよりも、竜斗少年と話をすることが重要だったと思い出して、康司は話し相手を変えた。

「うん。あ、この前はご馳走様でした。コーラ飲むまではよく覚えてるんだけどね。急にしんどくなっちゃって、どうやって帰ったかも分からないんだよね」

話しかけられた竜斗少年は、一礼をしてから困った顔で返事した。

「そうなんだ。やっぱり送った方がよかったね。あの、リーダーみたいな子はちゃんと一緒に帰ってくれたんだよね？」

「……たぶん」

竜斗の返答に、驚きを隠せない康司は口を丸くした。

「ちゃんと一緒に帰ってねって、あれだけお願いしたのに～」

残念そうに康司は呻いた。

「でも、多分一緒に帰ってくれてると思うよ。『気を付けて』とか、『こっちだよ』って言ってくれたから」

笑顔で竜斗が言うと、それ以上のことは言えない康司だった。

康司は困った表情を竜斗少年に見せつけるだけだ。しかし、この竜斗を励ましていた声が司郎ではないかと思う康司は、尚のことながらリーダー格の少年に不満が残る。

「でもね、熱が下がると、やっぱりお風呂屋さんに行きたくなるんだよね」

竜斗少年の笑顔が無邪気に輝く。

「そうか。僕と一緒だね。お風呂屋さんに行けない時の方が体調悪い、みたいな?」

冗談交じりに康司が尋ねると、竜斗少年はそうそうとにこやかに頷く。

「そうやねん。リュウが、どうしても風呂屋さんに行きたいって言うねん。しかも、何故かこの銭湯やないと嫌やって。まぁ、今では反対に、銭湯に行きたくないって言われる方が、どこか調子悪いんちゃうかって心配やけどな」

と、苦笑いしながら竜斗の父が会話に入って来た。

「でも、確かに家のお風呂やシャワーじゃ物足りない時ってありますもんね。僕なんかは特に、熱いお風呂と水風呂に交互で入るのが好きなんですよ」

康司が竜斗親子の顔を交代に見ながら話しかける。竜斗親子の反応は上々のようで、二人とも笑顔で耳を傾けている。先程までの緊迫した空気は、風呂屋の熱気で蒸発してしまったのだろう。

「それに、湯質が合うのかもしれませんしね。……僕はあまり、そのへんは詳しくないですけど」

康司は右手を頭の後ろに持っていっておどけてみせた。

「まぁ、それもあるかもね。……って、俺も詳しく知らんけど」

と竜斗の父もボケを重ねてきた。竜斗少年一人がケタケタと笑っている。

「お父さん、僕ちょっとおしっこ」

水を飲み過ぎたのか、そう言うと竜斗はタタタと脱衣所にあるトイレに向かって小走りに出て行った。

「だから、水の飲み過ぎには気を付けろって言うたやろ～」

関西弁ならではの、愛嬌のある叱り方で竜斗に声をかける竜斗の父。聞こえは怖そうに感じ取れるが、その眼には仕方ない奴やなあ～、可愛い奴やなぁ～との意味が溢れんばかりに含まれている。

浴場を竜斗が出たのを確認して、改めて康司の方を見た竜斗の父が声を発しようとする刹那、康司は、

「何かの発作ってことはないんですか？」

と先に問いかけてみた。

「急に痙攣起こして倒れるような？」

後の先を取られた形の竜斗の父は慌てて返答した。

「そうです。僕も職場に発作の持病がある方がいるんですが、その発作にもいろんな種類があるんですって。意識が薄れるけど、記憶はちゃんとあったり。また、反対に意識は薄れるけど、全く記憶がなかったり。身体の一部が痙攣するだけの発作もあるみたいですよ」

真剣に語る康司の表情をじっと見つめる竜斗の父は、一呼吸おいて、ウンウンと頷いた。

「もちろん、それとリュウ君の発熱とは結びつかないでしょうけどね」

康司は今、真剣に竜斗少年の熱発理由を考えている。竜斗少年の意識が一時的になくなるのは、司郎の意識が竜斗少年の身体を乗っ取るからだろうとは推測している。

その上で、竜斗少年が熱発する原因が何かあるのだろうと思考を巡らせていた。

竜斗の父は、自分の目の前で無言になった康司を見ていたが、急に頭を下げた。

「ん、どうしました？」

急に竜斗の父の頭がカクンと下がったので吃驚した康司は、慌てて竜斗の父の肩を触ろうとした。

「いや、何でもないねん」

康司の手が肩に触れる前に、竜斗の父はゆっくりと顔を上げてそう言った。

「ゴメンな。やっぱり兄ちゃんがうちの子に何かするような奴やないわな。それを疑うなんて、ホンマどうかしてるよな」

自虐的に自身の行動を振り返る竜斗の父は、まっすぐ前を向きながら呟いた。他人の子である竜斗のことを想い、悩む康司の姿に感銘を受けたのだろう。

しかし、この時の康司は竜斗少年の熱発の原因を考えることに集中していたため、竜斗の父の呟きを途切れ途切れにしか聞き取れなかった。しかも今、康司は何か引っかかった感覚が離れない。何か、大事な何かを見落としている気がしてならなかった。

その微妙な気がかりが、何か得体の知れない怖さを秘めているように感じている。

「え？」

とりあえず、竜斗の父が何と呟いたのか、自分に向けられた発言だったかを確認しようと、康司は竜斗の父の顔を覗き込んだ。

「いや、何でもないよ。独り言」

康司の顔を見てニコッと竜斗の父は笑う。

「ただ、相手の立場になって考えるって配慮を忘れてたなって。この年になって情けないと反省してたところだよ」

一つ大きな溜息を吐き切って、竜斗の父は答えた。

「相手の立場になって……ですか？」

康司は小さく顎を前後に動かした。

――相手の立場になって……。


その時、竜斗少年がトイレで小便を済ませて戻ってきた。

「おう、しっかりかけ湯して入りぃや」

竜斗の父は竜斗に声をかけたが、竜斗少年は「お父さん、体洗わないの？」と質問して返した。

「じゃ、洗うか」

竜斗少年をしっかり見ながら笑顔で頷き、竜斗の父は、

「僕ら、体洗いに行きますね」

と康司に声をかけながら振り向いた。この時、康司は無言のまま笑顔で首をカクカクと小刻みに振っただけだった。

もし竜斗の父が凝視していれば、引きつった笑顔であったと即座に判断できたであろう。

康司は直後にゆっくりと背を向けた。竜斗親子は洗い場へと向かった。

康司はある仮定に思考が行き着いていた。その仮定が康司を一気に震え上がらせた。竜斗の父が何気なく発した〝相手の立場になって考える〟が、康司自身が考えもしなかったような領域に、思考を飛躍させたといっても良かった。

あまりにも高い難度を誇るジグソーパズルが、たった一つのピースの置き方を変えただけで一気に片付いてしまうことがある。

今が正にそれだ。康司は司郎の立場になって考える機会を持たなかった。持たなかったと表現するよりも、持とうとさえも思えなかった。

今回の再会は、あまりにも現実離れし過ぎていたから、司郎から聴かされた情報がすべてで、しかもそれが亡き父発信なのである。

疑うという選択肢すら浮かばなかった。

司郎から入った情報だけを基準に物事を判断していた。しかし、今回の竜斗の父との会話で、相手の立場で考えることを思い出した。

——もし、俺が親父の立場なら、どうしただろうか？

そう、小さな疑問を抱いた時、難題だった計算式は一気に仮定の解答にまで導かれた。しかし、仮とは言えど康司には確かな自信がある。なぜなら、その仮定の解答の核となるのが、自分がよく知る父、司郎の性格だからである。

「親父ならばこうするだろう」と康司は確信を持って言える。

だからこそ、康司はこの先に司郎が取るであろう選択と、その選択がもたらす結果に身体が震えた。

——親父は、もう二度と覚醒しないのではないか……。

そう仮定した途端、康司が抱いた疑問のすべてが見事なまでに解消した。

まず、康司は自分が司郎の立場だったらと想像してみた。ホームセンターのフードコートでの会話も思い出しながら考えを巡らせる。

不本意ながら、生前の記憶と意識を持ったまま、現世に転生する。

こう表現すると、二度目の人生を歩めるようで超越した幸運を手にした印象を受ける。一度目の人生では達成できなかったことにもチャレンジできるし、一度目の失敗を活かした生活が送れる。そんな自分本位な都合の良いことを期待しがちだ。

しかし、司郎が喋った言葉と、その内容を考察すると、実際はどうであろうか。

今の竜斗少年としての人生があるのに、自分が竜斗という人格を抑え込み、人生を横取りするような行為ではないのか。それに、竜斗少年を取り巻く環境の中で生活しなくてはならないことがすでに、自分の思い通りになっていない。これはもちろん、自分の正体をばらさないままで生きていくとすればである。

半世紀近く生き、知識も経験もある人間が、十歳前後の人間の生活を送らなくてはならないのだ。よくよく考えれば、かなり苦痛だと気が付いた。

反対に、もしも康司が竜斗少年の立場だったらと想像してみた。

こんな迷惑な話はないではないかと真っ先に憤りを感じた。自分の人生を乗っ取られるのである。自分の意識がない数分の間に、物事が進んでいるかもしれないと想像するだけで背筋が凍る。

しかもその上に、その意識がない間の言動の責任を負わされるのである。これほど、理不尽な人生があっていいのだろうか。

人は、どんな人生を歩もうと、それは自分で決断を繰り返していく。なのに、自分で決断していない結果の責任を負わされるとなると、それは自分の人生ではないと言っても過言ではない。

自分の人生を他人に邪魔される。こんな不公平があるだろうか。

この想像と考えに至った時、康司は自分の人生を誰かに邪魔されたくないからこそ、自分も邪魔したくないと断言した。ならば、父の司郎も同じように考えるはずだと疑わなかった。それどころか、自分が知る父ならば、人の人生を奪うような行為は恥ずべきだと苦しんでいるはずだ。

父司郎の苦しみに気が付いた時、康司は新たな疑問に目を向けた。

そもそも、司郎はいつ何時でも、そして何時間でも己の意識を覚醒できるのであろうか、と。この疑問が頭の中を駆け巡った際、今までの司郎との会話、竜斗の父との会話、竜斗少年との会話を繋ぎ合わせ、一つの結論を導き出した。

――もしかして、父司郎が覚醒する度に、竜斗少年は熱を出しているのではないか？

そう仮定すると、正解かどうかは別としても仮の答えとして、一本筋が通る。

司郎が意識を覚醒して竜斗少年の身体を乗っ取ると、竜斗少年の身体や精神にダメージが発生し、その結果として熱が出るのではないか。自分の意識と身体を乗っ取られた竜斗少年の命を懸けた抵抗とも考えられる。

もしそうならば、父司郎はもう二度と覚醒しないだろう。

しかし、司郎自身も制御できずに何度か竜斗少年の意思や身体の自由を奪ってしまった。その上、竜斗両親との関係にヒビを入れてしまっている。だからこそ、司郎が原因で起きている竜斗両親の亀裂だけは修復したい。そのために、康司に力を貸してくれと頭を下げたのではないか。

仮説の上に仮定を乗せた、何の確信もない妄想ではあるが、充分に有り得ると康司は頷いた。

もし、もしもそうだとするならば、これはなんと悲しい再会であろうか。

胸が押し潰されそうになった瞬間に、司郎が別れ際に放った最後の言葉の意味も理解できた。

――だから、母さんや姉さんには言うなと……。

そう結論付けた時、康司は今までの仮定に確信を持った。確信を持ったがゆえに、やりきれない気持ちになった。

康司は眩暈を覚え、壁にもたれかかりながら浴槽を出た。朦朧としているのは、のぼせたせいか、精神的ショックからか分からない。

次の瞬間、目の前が暗くなった。

＊　＊　＊

康司が目を覚ましたのは、数分後だった。目を開けた瞬間、額の左側に痛みが走った。

　思わず左手で痛みのある部分を触ろうとするが、患部に触る直前に、「アカン、アカン！」と言われて左手を止められた。痛みと眩しさで理解できていなかったが、康司の左手は竜斗の父の手でぎゅっと握られている。

「……え？」

　なぜ、今自分が竜斗の父にマウントポジションを取られた状態なのか見当がつかない康司は、冷静に自分の置かれている状況を探り出した。

　目の前には天井が見えており、ゆっくりと天井に備え付けられた扇風機が回っている。眼だけを動かして左右を見ると、ここが脱衣所であると気が付き、自分が仰向けに寝ていることも理解できた。しかも、背中にはバスタオルか何かを敷いてくれているようで、背中はあまり痛くない。

　ここまで状況をぼんやりと理解した時、自分は倒れたのだと悟り、額の左側を倒れた際に切ったのではないかと推測した。なにやら左斜め上にタオルらしき布が乗っていることにも気付いた。

「お兄さん、大丈夫？　ちゃんと聴こえてる？」

「は、はい……」

　竜斗の父はマウントポジションと言うよりも、康司の身体を跨いだ状態で、意識を取り戻してすぐに傷を触ろうとした様子を見て、すぐさま制止したのである。

ぼんやりとした表情の康司が、徐々に状況を把握した表情になったのを確認してから、先程の声をかけた。

康司は返事するのが精一杯だ。

「もう、ビックリしたで～。バタンって音がしたから誰か倒れたんちゃうかと思って見たら、お兄さんやんか！　しかも、こけた時に左のおでこを角にぶつけたみたいやから、結構血も出てなぁ。みんなで、慌てて担ぎ出したんやで。たまたま、今から風呂に入ろって言う看護師さんがおってくれたから、すぐに手当てもしてもらえたんやで」

ここまで竜斗の父が説明し終えると、番台からいつも悪口ばかりの女性オーナーが現れ、あからさまに嫌そうな顔で、

「お客さん、大丈夫なの？　こんな所で怪我されたら困りますわ～」

と、嫌味な一言を浴びせる。それを聴いた竜斗の父が、

「まぁ、おばちゃん。そんなこと言いなや。たまたま調子の悪い時かってありますやんか」

と、若干引きつった笑顔で応戦する。

「そうですけど、店としては何かあると営業できなくなって、他のお客さんに迷惑がかかりますから」

郵 便 は が き

料金受取人払郵便

新宿局承認

7552

差出有効期間
2024年1月
31日まで
（切手不要）

160-8791

141

東京都新宿区新宿1－10－1

（株）文芸社

愛読者カード係 行

ふりがな お名前		明治 大正 昭和 平成 年生 歳
ふりがな ご住所	□□□-□□□□	性別 男・女
お電話 番 号	（書籍ご注文の際に必要です）	ご職業
E-mail		
ご購読雑誌（複数可）		ご購読新聞 新聞

最近読んでおもしろかった本や今後、とりあげてほしいテーマをお教えください。

ご自分の研究成果や経験、お考え等を出版してみたいというお気持ちはありますか。

ある　ない　内容・テーマ（　　）

現在完成した作品をお持ちですか。

ある　ない　ジャンル・原稿量（　　）

書　名				
お買上 書　店	都道 府県　　市区 郡	書店名	書店	
		ご購入日	年　月　日	

本書をどこでお知りになりましたか?

1.書店店頭　2.知人にすすめられて　3.インターネット(サイト名　　　)

4.DMハガキ　5.広告、記事を見て(新聞、雑誌名　　　)

上の質問に関連して、ご購入の決め手となったのは?

1.タイトル　2.著者　3.内容　4.カバーデザイン　5.帯

その他ご自由にお書きください。

(　　　)

本書についてのご意見、ご感想をお聞かせください。

①内容について

②カバー、タイトル、帯について

弊社Webサイトからもご意見、ご感想をお寄せいただけます。

ご協力ありがとうございました。

※お寄せいただいたご意見、ご感想は新聞広告等で匿名にて使わせていただくことがあります。

※お客様の個人情報は、小社からの連絡のみに使用します。社外に提供することは一切ありません。

■書籍のご注文は、お近くの書店または、ブックサービス(0120-29-9625)、セブンネットショッピング(http://7net.omni7.jp/)にお申し込み下さい。

女性オーナーがすぐさま、竜斗の父と寝そべる康司を交互に見ながら言い返した。この返答にカチンときた竜斗の父の顔色が変わる。優しい笑顔が消え、無言で女性オーナーを睨みつけた。そして、言い返そうと鼻で息を吸い込んだが、

「すみませんでした。迷惑をかけて。以後、ご迷惑はかけませんので……」

康司が寝そべったまま間に割って入った。竜斗の父は開きかけた口を噛みしめて閉ざした。鋭い目で睨んでいたが、首ごと捻って康司の方に向けた。

竜斗の父が自分のことで怒りを覚え、一言物申そうとしていたのを下から覗き込んでいた康司は、必死にその場をまとめた。と言っても、何度も申し訳なさそうに、

「……すみません。すみませんでした」

と、焦点が定まりきらない視線のまま謝り続けるだけだったが。

申し訳なさそうに謝り続ける康司を囲む人々が、次第にオーナーを見る目が冷ややかになってきた。

それに気付いたのか、オーナーは周囲を見ないようにして、

「ホント、気を付けてくださいね。じゃ、私は番台に戻りますから、あんじょう帰ってくださいね」

と、言い放ってその場を離れた。

下を向いて我慢していた竜斗の父だったが、素っ気ない女将の言動に堪忍袋の緒が

切れた。プルプルと震える身体ごと、その場を離れようといそいそ歩くオーナーの背中に狙いを定めると、一気に飛び掛かる勢いで自分の身体を引き上げた。

その瞬間、竜斗の父の手を引き留める力が発生した。康司の左手が引き留めたのだ。

今にも大声を上げそうになっていた竜斗の父が、思わず康司の顔を見る。康司は本当に小さく、首を左右に振っていた。

「ちっ……」

出かかった言葉を舌打ちで噛み殺した竜斗の父は、本当にこのままで良いのかと怒りを顕わにして、康司に無言のまま問いかける。

康司は、自分のために怒ってくれる竜斗の父に感謝の気持ちさえ持ち合わせていたが、それと同時に申し訳なさも感じていた。康司は力なく微笑むと、目線を竜斗の父から逸らし、自分の右側に向けた。

竜斗の父が康司の視線の先を目で追うと、そこには先刻からずっと康司の右手を握って震える竜斗少年がいた。なぜ震えているのかは分からなかった。

康司が急に倒れて、頭部から出血し、急いで運び出される場面を目の当たりにしたからか。それとも、普段は温厚な父親が身体を震わせて怒りを顕わにした場面に遭遇したからか。もしくは、康司のために必死で祈ってくれているのか。

色々頭に浮かんだが、康司はとりあえず竜斗少年に声をかけた。

「リュウ君。ホントにゴメンね。ビックリさせちゃったね」

申し訳なさそうな表情で謝る康司を、さらに申し訳なさそうな面持ちで竜斗少年が見ながら首を左右に振る。

ここで、康司の応急処置をしてくれた看護師の資格を持つ男性が話しかけてきた。

「大丈夫？　ちょっと状況とか、今後とか説明してもいいかな？」

落ち着きのある笑顔を見せながら、看護師は康司の横に片膝をついた。

「お兄さん、湯あたりかな？　とりあえず、銭湯内で転倒して左のおでこを体洗う所にぶつけて出血してます。まぁ、若いし、お風呂で体が温もってるから、結構血が出てます。今はタオルで止血してるから、もう少し離さないようにしてくださいね」

タオルは竜斗親子が持ってきていた清潔なタオルであった。

看護師は続けて喋る。

「傷はたいしたことないから大丈夫やと思うけど、今日帰ったら早めに病院で検査した方が良いと思うよ。頭打ってるから、念のためにね」

「……は、はい」

コクコクと頷いて、遅れて返事をする康司。自分の置かれた状況を理解しようと必死に頭を巡らしているが、今はまだ思考と身体の動きに数秒のタイムラグが発生しているようだ。

その康司の様子を診て、看護師が気になって質問する。

「で、お兄さんはどうやって帰るの？　家は近いの？」

「……家は近いので、自転車で大丈夫です」

康司は意識的に作った笑顔で即答する。

「え、自転車!?　ちょっと無理ちゃうかな？　なんなら、もう救急車呼びましょうか？　それとも、ご家族とかに連絡して迎えに来てもらうとか」

「いや……大丈夫ですんで」

康司の返事に驚いた看護師が、別の提案をするも、耳に入っていないかのように無表情な笑みを浮かべたままの康司が戯言のように返事を繰り返す。

そこに、「僕らが車で送ります」と、竜斗の父が名乗りを上げた。その声にはどこか、有無を言わさぬ力が込められていた。

「え、でも……」

康司が何か言おうとしたが、看護師が割って入り、

「あ、それがいいですね。先程からお知り合いかなって思ってたんですよ。良かった、良かった」

と、話をまとめだした。

「じゃ、私はこれで。お兄さん、お大事にしてくださいね」

裸にタオル一枚を腰に巻いただけの看護師は笑顔で康司に声をかけると、サササッと浴場へと入っていった。

なし崩し的にではあるが、竜斗親子に車で自宅まで送ってもらうことになった康司。

申し訳なさそうに竜斗の父の方を向き、

「いや、ホントに大丈夫ですので……」

と、今出せる力一杯の声で話しかける。

「もう～、いつまでそんなこと言うてんのや。そんな状態で帰れる訳ないやろが。そのまま動けるまでここにおったかて、風邪も引くし。何より、帰り道でなんかあったらどうすんねんな」

眉間に皺を寄せながら、康司を説得というよりも返答させない勢いで畳み掛けてきた。

「な？　ここは僕の言うとおりにしとき」

最後にニコッと笑みを浮かべると、竜斗の父は康司の顔を覗き込んで康司の返事を待っている。

「……はい。すみません。お世話になります」

見事に寄り切られた康司は、観念したように呟き、寝そべったまま頭を下げた。

それを見て確認した竜斗の父は、

「よっしゃ。それでええんやで。なぁ、リュウ君？」

いつもの明るい笑顔で心配そうに事態を見守っていた竜斗少年の方を向く。竜斗少年は無言でウンウンと何度も頭を振った。竜斗少年の顔には安堵の表情が浮かんでいた。

そこからは早いもので、康司はよろよろと立ち上がり、ゆっくりながらも身体を自分のバスタオルで拭き、壁にもたれかかりながら更衣を済ませた。むろん、まだ血は止まっていなかったので、器用にタオルを押さえながらだった。

康司のすぐ横で、竜斗親子がいつでも支えられるように見守ってくれている。

竜斗少年はすでに康司のお風呂セットを手に持っており、自分にできることを誰に言われるでもなく行っていた。

その竜斗少年と目が合った康司は左目を閉じて目配せと会釈をし、無言の感謝を表した。その意を汲み取った竜斗少年も無言で頷く。

康司の着替えが終わり、三人で男風呂を出た。ヨロヨロ歩く康司を番台から見たオーナーが、

「大丈夫ですか。ホント、気を付けて帰ってくださいね」

と、周りの客を気にしたうわっつらだけの声掛けをしてきた。先程から怒り心頭の竜斗の父は、その厭味ったらしい言葉を聴きたくないと言わんばかりに無視してスタ

スタと番台を通り過ぎる。

竜斗少年は立ち止まって謝る康司を見上げた。

「すみませんでした」

ただ、そう言い伝えて頭を下げ、ゆっくりと靴箱のある玄関へと歩いた。竜斗の父は一足先に靴を履いており、周りに聞こえる声で、

「リュウ、お父さんは先に車を取ってくるから、お兄さんと一緒に玄関を出た所で待ってなさい」

と、竜斗少年に伝えた。

「はい」

竜斗少年は康司のそばで返事をする。

康司は表情を変えず、ゆっくりと靴箱から靴を出し、壁に手をついて靴を履ききると、一息ついて玄関に出た。竜斗少年も靴を履いて玄関にまで出てきた時、番台から声を小さくしたつもりのオーナーの声が聞こえた。

「困るわぁ。体調ぐらいしっかり管理して来てもらわないと。何かあったら、他のお客さんに迷惑がかかるんだから」

誰に言っているのだろうか。康司にも、竜斗少年にも先程と同じセリフの声は届いたが、康司は無視をし、竜斗少年はオーナーの方を振り向いた。が、悔しそうに睨み

つけるだけだった。

気まずい雰囲気が康司と竜斗少年を取り巻いたが、車のクラクションが鳴る方を向いた。白のワンボックスカーが二人の前に停まり、ハザードを点滅させると、運転席から竜斗の父が降りてきた。

「お待たせ。早よ乗り、早よ乗り」

二人の落ち込んだ雰囲気を見透かしたかのように、竜斗の父はこの場を一刻でも早く離れようとした。竜斗少年が後部ドアを開け、康司が後部座席で横になれるよう一人で乗り込むように促すと、

「リュウ君も後ろに座って、兄ちゃんの横におり。だから、先に乗りなさい」

と、竜斗の父が指示を出した。

「え、僕も後ろに座るの？　ヤスシ兄ちゃん、寝れないんじゃない？　僕が椅子の後ろにいた方がいいよ」

驚きながらも、自分の意見を父親に問う竜斗少年は、すでに車には乗っている。

「まぁ、まずはリュウ君が端っこまで行って、お兄ちゃんが乗ってから考えたらええやんか。まず、お兄ちゃんを乗せたらんと」

父親にそう言われて、しまったと驚いた顔で竜斗少年は後部座席の反対側のドアに

まで身体を寄せた。

「ホントにゴメンね」

康司は竜斗親子のやり取りを見ながら、眉を八の字に下げて謝った。

そして、後部座席に乗り込む。いきなり寝転ぶのも気が引けたので、最初は普通に座ってみた。

康司の様子を見て、

「何してんの？　楽な姿勢でおってや」

と、竜斗の父が声をかけ、続け様に、

「で、お兄ちゃんの自転車はどれ？」

と、銭湯の店先に並ぶ自転車を見ながら康司に尋ねた。

「いや、自転車は……。また、自分で取りに来ますから結構ですよ」

これ以上は迷惑をかけられないと思っている康司は、今出せる力一杯の声で返事した。すると、振り向いた竜斗の父は険しい表情で、

「こんな気ぃ悪い店、もう来たくないやろ。あの女将の対応は、ホンマにないで！」

鼻息荒く早口に言い捨てた。康司の気持ちも一緒だ。しかし、それ以上に竜斗親子におんぶにだっこのような気がして申し訳なさで胸が苦しかった。

康司の気持ちを察したか、竜斗の父がこう付け加えた。

「遠慮はせんといてや。正直、僕も申し訳ないと思ってるんや。もしかしたら、兄ちゃんを逆上させた原因は、こっちにあったかもしれんからなぁ」

「いや、そんなことは……」

康司がそんなことないと反論しようとするも、それさえも遮って、

「ほら、もう早くここから離れよう。自転車は?」

と、逆切れ気味の口調で竜斗の父が再質問する。その口調に腰が引けた康司は、自分の自転車を指差した。

「あれ? あれが兄ちゃんのやねんな?」

竜斗の父は確認するやいなや、素早い足取りで康司の自転車にまで進み、自転車を持ち上げるとワンボックスの後ろに回り、バックスペースに運び込んだ。

念のため、自転車は寝転がした状態で、運転中に左右にぶれないような工夫をして、すぐさま運転席に飛び乗った。

「さぁ、早くこんな所、離れよう。住所は?」

運転席のドアをバタンと閉めると同時に、康司のアパートの住所を訊いてきた。竜斗の父の左手はカーナビのパネルを触っている。

もう何を言っても取り付く島がないと観念した康司は、自宅の住所を告げた。

竜斗の父がその住所を入力すると、

「車で一〇分ぐらいやな。じゃ、行くで。しんどかったら寝ててくれてもかまへんから。リュウ、ちゃんと兄ちゃんのこと見といたってや」

一気に捲し立てると、一秒も長くここにいたくないとばかりに、ババッとサイドブレーキを外し、ギアをドライブに入れる。康司は荒い運転なのかと不安になったが、出足は丁寧だった。

竜斗の父の運転は思いの外穏やかで、安全運転だった。先程までの怒り具合から、急発進して法定速度も守らず、信号さえも無視して進むのではないかと心配になるレベルだったが、実際の運転を見て康司はホッとした。

その安堵感からか、康司は座る向きを変え、後部座席の長椅子にもたれかかる姿勢をとった。

「すみません。何から何まで、お世話になって。ちょっと行儀悪いですが、勘弁してください」

言い終わると同時に首をもたげ、長椅子の背もたれに預けた自分の腕を枕代わりにして目を閉じた。

バックミラー越しに康司の様子をチラ見した竜斗の父は、

「かまへん、かまへんで。家に着いたら、声かけるから。楽にしとって」

と声をかけた。

「……はい」

康司はそのままの状態で短く返事すると、車の振動が心地よかったのか、何も考えられなくなり意識が遠のく感じがした。

ただ、枕代わりにした手の先端に温かい感触だけが残っていた。

告白

「……ヤ……ス」

「……ヤス！」

懐かしい声が、自分の名を呼んでいる。康司は、どこから聞こえるのか分からない声に気が付いた。しかし、目は開かない。開けることができない。

暗闇の中で浮いているような感覚を覚えたが、何をどうしたらいいか全く見当もつかない。

「ここは……？」

まず言葉にできたのがこれだった。

誰に問いかける訳でもなく、ただ素直に声になって吐き出した疑問。誰も答えてくれないと察しながらも、己の神経を尖らす。

意外にも、すぐに返事があった。

「ここは、お前の中だ。ヤス」

どこから聞こえてくるのか分からないのに、間違いなく聴こえている。

康司は不思議でたまらなかった。そして、薄ら怖かった。

「……お、俺の中？」

音と光が存在しない暗闇の中に、康司の声だけが響き渡る。

「そうだ。正確に言うならば、お前の精神に直接語りかけているって感じだな」

聞き覚えのある声は、一頻り説明を終えると、

「で、大丈夫なのか？」

と、康司に質問してきた。

「……大丈夫？　え、どういうこと？」

突然、異世界に投げ出された事実に気付き始めた康司は、何が何だか分からず、恐怖と怒りで感情を爆発させた。

「なんだよ、これ！　どうなってんだよ！」

焦りから発生する怒りが辺り一面に撒き散らされるが、手も足もない康司はどこを触ることもできず、動き回ることもできない。神経だけを尖らせ、あちこちに意識を配るが、平常心を失った状態では感じ取れるものも取りこぼしてしまう。

どれぐらいの時間が過ぎたのか。康司の中の怒りが熱を失ってきた。何と怒鳴ろうが、どこを探ろうが、全く何も反応がないからだ。

心の半分を占めていた怒りがその占拠率を減らしていくと、心は恐怖で埋められてしまう。徐々に怒りの感情が消滅し、恐怖が音も立てずに侵食し始める。康司の思考

は悪いことしか浮かばなくなる。

康司は気丈にも、恐怖に侵食されながらでも現状を探った。様々な考えを巡らした。

その時、閃いたのは、「……死んだ？　おれ……死んだのか？」という考えだった。

一度そう考えてしまうと、なかなかその考えを払拭するのは難しい。

しかも、今の康司の状況からすると、独自に別の考えを導き出すのは困難であった。

身体があったなら、膝から崩れ落ちるほどの絶望を感じて思考回路が停止した康司に、先程の声が聞こえてきた。

「ヤス、死んでなんかないぞ」

半笑いの声が、どこからともなく響く。この時初めて、康司は驚いた。そして、自分以外にも誰かがいると知った。

康司はすがるような想いで、

「だれ？　どこにいるの？」

と声を発した。必死の形相の康司に対して、どこ吹く風の雰囲気を醸し出しながら、

「何言ってんの、お前？　さっきから何度も声かけてるでしょう。お前の中だよ～とか、大丈夫か～とか」

と、声が返ってくる。

そう言われてみればそうだったと我に返った康司だったが、それでも確信が掴めて

安心できるような情報ではない。

「ここはどこで、あなたは誰？　そして僕はどうなってるの？」

イライラしながら大声を上げる康司。すぐさま返答があると期待していた康司は、再び音と光のない世界へと変わったのではないかと恐れをなした。

心が不安で潰れそうになり、それをさせまいと防衛本能が再び怒りのスイッチを入れて大声を上げようとした瞬間、

「ここは、お前の精神の中。俺は司郎。お前は死んでない。ただ、寝てるだけ」

と淡々と答えが返ってきた。

あまりの素っ気なさに、康司の思考回路は再び停止した。しかし、情報は入力できたが、信じられなかったので、

「……え？　もう一回、お願いします」

「ここは、お前の精神の中。俺は司郎。お前は死んでなくて、寝てるだけだって」

今度は間髪入れずに返答があった。しかも、語尾に力が入っている。

「俺の精神の中……あなたは司郎。俺は……死んでなくって寝てるだけ……」

今度は自分に言い聞かせるために、康司が立場を変えて復唱する。ここでまた、数秒か、数分の沈黙が発生した。

「……お、オヤジ⁉」

現状を受け入れた瞬間に康司の口から出てきたのが、この言葉だった。

康司は目を見開いて飛び起きた……ような感覚だったが、実際にはそのような行動は取っていない。

自分の意識は四方真っ暗闇で包まれている。四方どころか三六〇度が暗闇で、自分の立ち位置さえ全く分からない。まるで、宇宙空間に放り出されたかと思う状況だ。

そんな中で、康司は先程聴こえた声の方向を探す。意識を記憶に辿って巡らすが、今は何にも聞こえず、気配は何も感じない。

「オヤジ、オヤジ！　いるんだろ⁉」

康司は意識の中で大声で叫んだ。

「なんだよ、さっき呼んだだろ？　返事しろよ！」

一安心した直後のこの現状に恐怖も再発して憤り、普段では使わない荒々しい言葉遣いになっている。散々、父親への悪態をつく康司だが、怒りのバロメーターが下がってきた。徐々に虚無感や寂しさが心を支配し始めた。

「オヤジ。出てきてくれよ。さっきは声をかけてくれただろ……。もう、訳分かんなくて怖いんだよ。……お父さん、助けてよ！」

康司の意識は涙をポロポロ流しながら、懇願するように手を合わせた。ここでも、数分なのか数時間なのか、時間の尺度が分からないまま時が経ったようだ。

「……ヤス。安心しろ。大丈夫だから」

康司の意識は声の方を向いた。

「お父さん……。お父さんだよね？」

泣きじゃくりながら訊く康司は、まるで幼児のようなか弱さだった。

「今、竜斗君が、お前の手を離したから会話ができなくなってたんだな、多分」

「……え？」

司郎が言っている意味を理解しきれず、康司の意識は首を捻る。

司郎の発言の意味は理解できないが、父司郎と会話が可能と瞬時に分かると、抑えていた感情が一気に噴き出してきた。

「実はな、俺も驚いているんだが……」

そう言い始めた司郎を差し置いて、

「何なんだよ、これ。もう、いろんなことがいっぺんに起こり過ぎて、訳分かんないよ。なんでこんなとこに俺がいるんだよ？　死んでないってホントかよ？　オヤジ、あんたもなんでここにいるんだよ！　もう、出てこないんじゃなかったのかよ？　だいたい……」

感情のままに康司が声を荒らげた。幼児が泣き喚く様に似ている。まだまだ叫び続けようとする康司を威厳のある、でも優しさも含まれた声が制止する。

「……康司！」

「は、はい！」

ビクッと驚いた康司の意識は無言で司郎の声の方向を向いた。

「俺も今回のようなことは初めてで驚いているし、どうなるかよく分からない。だから、順を追って手短に話を進めるぞ」

康司が知っている威厳ある司郎の口調だ。冗談好きの司郎とは雰囲気が違うことを今でも鮮明に覚えている。

「まず、何度も言うがお前は死んでいない。安心しろ。今お前は眠りに落ちているだけだ」

司郎が説明し始めると、康司は一言も発さず聴き入った。

「で、竜斗少年がお前の看病をしてくれていて、お前の手を握ってくれている。そのお陰で、こうやってお前の意識に直接話しかけている。だから、ふいに竜斗少年が手を離すと、この通信は途絶えるようだ。しかも、どうやらお前の意識は覚醒した状態のようだな」

淡々と話す司郎から困惑の表情が見えたが、康司は説明の半分も理解できないまま立ち尽くしている。

「まぁ、その件は置いておこう」

康司の狼狽ぶりを把握していても、話を進める。

「今までなら、俺が竜斗少年の意識と身体を一時的に乗っ取らなくては、このような話はできなかった。しかし、なぜか今回は違う。考えるに、お前が意識を失っていること。竜斗少年が心を無にしてお前の心配をしていること。そして、お前の身体に触れていること。この三つの条件から、精神世界で会話ができているのではないかと思うんだ」

康司には、腕組みして考え込む司郎の姿が見えた。

「しかし、この三つの条件が事実であれ、またそれ以外の要因があるにせよ、時間は限られていると考えるのが妥当だろう」

司郎の冷静かつ的確な物の見方に、康司は首をフンフンと縦に振るだけだった。

司郎が導き出した仮定を半分も理解できていないが、この会話には時間的制限があるということだけは理解できた。

「時間がない……」

思わず康司の口からこぼれた言葉に、

「そうだ。時間がない。お前のアパートに着くまでの間で、しかも竜斗少年次第でもある。お前達が生きる実際の世界と、この空間との時間が同じ流れとも限らない」

司郎の考察には楽観的観測、あわよくばの期待が含まれていない。司郎の考えを聴いて、理解するまでにも時間を要する状態の康司だが、とりあえず事態は窮するとだけ感じ取れた。

「でも……」

「でも?」

司郎の言葉に敏感に反応するようになっている康司は、そのままオウム返しに声を発した。

「でも、考え方によっちゃ最期のチャンスが突然、回ってきたとも取れるな」

もし、司郎の顔が見えたなら、ニヤッと笑っていただろう。

「最期の……チャンス……」

このキーワードだけが康司の意識にこびり付いた。そして、何度もこだました。

数秒後、このキーワードが康司の滞った思考回路を蘇らせた。

今しかない。この時しかチャンスはないとの心構えが、精神を研ぎ澄まし、未知なる恐怖にも向き合わせた。

もし、康司の顔が見えたなら、表情が変わっていただろう。康司の変化を感じ取った司郎は、

「お、無敵モード発動か?」

と、からかうように言った。

「そんなことより……」

司郎の冗談ぽい声掛けを無視して、康司が核心について話し合おうとした。

「そうだな。今のチャンスを無駄にできないな」

キリッと引き締まった声で返答する司郎は、続け様にこう提案した。

「双方が言いたいことや聴きたいことを並べても効率が良いとは限らない。ここは、康司。お前が俺に質問して、俺がそれに答えるって形でどうだ？」

司郎は実際に起こっている怪現象の当事者であり、事実を知っている。また、自分の意思や決意もすでに定まっている。それに対し、康司は不確かな空間に引きずり込まれた被害者にすぎず、ほとんど確証がない。康司にあるのは疑問だけである。それならば、時間の許す限りではあるが康司が気の済むまで質問すればいいとの配慮であった。

司郎の配慮までは分からずも、提案の内容とその重要度を瞬時に把握した康司は、大きく鼻で息を吸い、口から息を吐きながらコクコクと頷いた。

二人の意識は改めて向かい合い、真剣勝負が始まるのではないかと思うほどの緊張感が間に生じた。

その張り詰めた緊張感を溶かすように、康司は穏やかな声で最初の質問をした。

「もう……会えないの？」

康司の穏やかな声と微笑みが、司郎に伝わる。

「あぁ。もう、会うことはないだろう」

息子の康司が、自分の意思を理解し推測した上で訊いていると感じ取った時、司郎は自然と微笑みながら返答した。続けて、

「今日の土壇場で、こんな方法があるって分かったが、このシチュエーションはまずこの先有り得ないだろう。お前が寝る、もしくは意識を失っている状態の時に、竜斗君がお前に触れているなんて。なぁ？」

諦めを軽い口調で言い放ち、康司に同意を求めた。康司は同意せず、次の質問をする。

「竜斗君の発熱って、やっぱり……？」

同意してくれるものと思っていただけに肩透かしをくらった感がある司郎だが、次の質問に即答した。

「あぁ、まず間違いなく俺が原因だろう」

きっぱりと言い切った。貴重な時間に沈黙が生じたが、耐えられないと言わんばかりに康司が口を開けた。

「こうも予想通りだと、悲しくなるね。全然嬉しくない」

へへっと笑いながら康司は目を逸らした。司郎は黙って康司を見ている。

「ねぇ、なんとかならないの？　ほら、特別な力とかでさ」

妙に明るい声で康司が質問を続ける。しかし、すでに何かを諦めた潔さがその声に含まれている。

「……お前の予想通りだ。もう、俺が竜斗君の心と体を乗っ取ることは二度とない」

司郎の声には、誓いとも言える決意が込められていた。司郎から予想通りの答えが返ってくると、康司は引きつった笑顔のままで取り繕ってみる。

「そんな堅いこと言わなくたっていいじゃん。たまに、ちょっとだけ、俺達と話する時だけ借りるぐらいいだろ。だいたい、本人も気がつ……」

何ともできない悔しさと、やり場のない怒りで早口になる康司を止めたのは、司郎の一喝だった。

「やすしっ！」

久々に耳にした、父親の怒鳴り声。

康司はピタリと動かなくなってしまった。いや、動けなくなった。涙だけがこぼれ始めた。

「でも、父さん。こんな機会は二度とないんだよ。こんなこと、人類史上で初めてのことかもしれないんだよ」

涙を拭いながら、必死に唆すような話し方をする康司。

「確かに、竜斗君には気の毒だけどさ。そんなの仕方ないじゃんか。たまたまだよ。偶然だよ。ただ、運が悪かっただけだよ」

涙を必死に堪えながら喋る康司に向けて、再び司郎の声が響いた。

「やすし！」

今度は怒号とは程遠く、きつく諭すかのような声だった。その呼びかけには一切反応せず、康司は話を続ける。

「だってさ、所詮世の中はやった者勝ちなんだよ。こんなチャンスを棒に振るなんて、考えられないよ。ホントに分かってる？　二回目の人生だよ。二回目の！　不老不死の秘薬を欲しがった秦の始皇帝でも飛び付くよ」

「分かっている」

一気に捲し立てる康司が気付かないで発した質問に、司郎は落ち着いた声で即答した。司郎の返事にハッとした康司は、一瞬息を呑み、改めて、

「分かっているなら、じゃ、なんで？」

と悲しみ交じりの怒りをぶつける。

「それは……お前の予想通りだ。康司よ」

申し訳なさそうな、でも、少し嬉しそうな声で司郎は答える。

潔い答えを耳にした瞬間、康司は泣き崩れた。嗚咽を漏らしながら、咽び泣いた。

康司は分かっていた。自分の知る父司郎が竜斗少年の人生を奪ってまで生を求める人ではないことを。むしろ、そのような行為をする人間には敵意むき出しで食ってかかる人だということを。

そして思い出す。父司郎が口癖のように言っていたことを。

歴史文学好きな司郎の影響で若いうちから歴史書を読み漁っていた康司は、時折、歴史的考察や哲学とはといった会話を司郎と交わしていた。大概が、他愛のない内容から始まるのだが、だんだんとヒートアップし、母や姉が呆れるぐらいの熱い論戦になるほどだった。

幾度となく論戦を交わしていく中で、康司は司郎の基本的概念に気が付いた。

それが次の言葉だった。

「いいか、康司。父さんは、世の中には平等なモノは三つしかないと思うんだ。それは『命の数』と『時間の概念』。それと、『みんな平等に不平等』ってことだな」

分かったような、分からないような表情を浮かべる康司を余所に、司郎は語り続ける。

「だからこそ、故意に、また悪意を持って人の命や時間を奪う輩は許せないし、俺は間違ってもそんな人間にはなりたくない」

一片の迷いもない発言だった。司郎の志の高潔さに息を呑み、その高潔さに近寄りがたいとも感じた康司は、きょとんとした顔を晒している。

「だから、お前にもそんな人間にはなって欲しくない」

「……は、はぁ」

歴史的な話から始まって、哲学にいたる親子の会話は、ほとんどがこのような終わり方だった。司郎が康司に父親としての想いや願いを伝え、康司が曖昧な返事をする。

話の論点がズレているのは二人とも分かっているが、こうでもしないと終わらないことも知っているので、自然とこの着地点で落ち着くのだった。

司郎との会話を思い出し、康司は強く唇を噛んだ。それでも、鼻息と共に咽び泣く声は洩れている。もう涙と鼻水でぐちゃぐちゃになりながら、

「こんな……こんな再会、嫌だよ！」

泣きながら康司が喋り出した。

司郎は黙ったままである。

「なんで、なんで俺だけ二回も別れなきゃいけないんだよ？」

「それに関しては、本当に申し訳ないと思っている……でも……」

「でも？」

「相手がお前で良かったと思っている」

二人の会話に、一瞬の間が空いた。

康司が司郎の発言を即座に理解できず、康司なりに言葉の意味を考えた結果、怒りの沸点を超えた。

「は？　何言ってるの？　俺で良かった？」

怒りで康司の口調が荒くなってきた。今まで司郎に対して使ったことのない喧嘩口調だ。康司の豹変ぶりにも微動たりともせず、司郎は冷静を保っている。

「こっちの身にもなってよ！　突然ガンで死んで、忘れた頃に生まれ変わりだかなんだか知らないけど、急に目の前に現れてさ。しかも、十歳ぐらいの男の子の姿で」

康司の不満や不安が怒りに乗せて、口から吐き出されていく。

「で、感動の再会かと思いきや、そっちの揉め事を何とかしてまとめろ？　こっちが苦心して、何とか話をまとめたらこれにて終了。二度と会わないって？」

捲し立てる康司はここで一呼吸入れ、

「なんだよ、これ？　詐欺だよ！　俺の時間返してよ。全く、母さんや姉さんにも言えやしない」

康司は最後に、司郎が言われて一番嫌がるであろう言葉と共に、一番堪えるだろう言葉をワザと添えた。

康司が言いたい放題に気持ちをぶつけ、ハーハーと肩で呼吸を整える。康司の様子を見ながら、司郎がゆっくり喋り出した。

「……本当にすまなかったな」

独特のリズムが、さっきまでの猛々しい雰囲気を緩和させる。

「でも、今回のことはお前にしか頼めなかったんだ。我が子であり、男である、お前にしか」

司郎の言葉に引き寄せられて、康司は大きく息を吸って意識を集中し、改めて司郎の方を向いた。

「だいたい、母さんやお姉ちゃんが今回のことを知ったらどうなると思う？　まぁ、まずは信じないよな。でも、実際に竜斗君の姿のまま俺が目の前に現れたらどうだろう。失神すると思わないか？」

司郎の発言の最後には、苦笑を堪えた明るさがあった。

「女って妙に現実主義だから、こんな怪現象を信じないだろ。映画でもＳＦとか興味ない人多いし。母さんとお姉ちゃんは特に信じるようなタイプじゃない」

康司はいつの間にか司郎の話に聞き入り、ウンウンと頷いている。

「そんな二人に、俺のせいで親子間に亀裂が生じた問題の解決に、力を貸してくれと頼めなんかしない」

司郎の意見を耳にした瞬間、母と姉ならどうなっていたかと想像しようとしたが、想像することが不可能なほどに有り得ないことだと察した。

康司が母と姉に問題解決の依頼をして物事が進むかと想像し、成功する可能性はゼロに近いと結論を出したタイミングを見計らって、

「もし、だ」

司郎は仮定の話を切り出した。

「もし、母さんや姉さんがこの怪現象を受け入れてくれ、問題解決に手を貸してくれたとする……」

司郎が話し終えるまでに、康司は先んじて想像を巡らした。

「……な、二人の性格からして上手くいく気がしないだろ」

苦笑いしながら司郎は頭を掻いた。康司の想像も、司郎と同じ結果だった。

母と姉の性格的にどうこうといった問題ではなく、今回の問題を解決できるような気がまるでしない。

「で、さらに、もしだ」

この時の司郎は笑っていなかった。

「万が一、母さんやお姉ちゃんが問題を解決してくれたとしよう……」

司郎の仮定をここまで聴いた時、一瞬で康司の顔が引きつった。康司の想像の中で、

自分同様に再度引き離される母と姉が描き出された。

泣き崩れる母。泣き喚く姉。

その姿が現実に起こっているかのように思えて、目をそむけた。沈黙する康司を見ながら、

「まぁ、そうなるだろうな」

康司の想像を見透かした司郎が頷く。

「もちろん、俺が母さんやお姉ちゃんに依頼して、問題解決できなかったら、それどころの話じゃないけどな。考えただけでも恐ろしい」

軽い口調で司郎が両手、両肩を上げる。司郎の言う失敗のケースを考えていなかった康司は、ハッとした。

完全に想定外の内容だったので、急いでシミュレーションしてみたが、悲惨な結末しか浮かばない。

竜斗親子はどうなる？　竜斗君はどうなる？　司郎はどうなる？　司郎の転生を知ってしまった母や姉はどうなる？　そして、自分自身はどうなる？

悲惨な結末しかはじき出せない脳が、自己防衛のために思考回路を強制停止し、康司が頭を抱える。

「……だから、お前に頼んだ」

司郎の落ち着いた声に、康司は顔を上げた。

「お前に頼んだとしても、上手くいく可能性が低いのは分かっていた。でも、限られた戦力であっても、考えられる限りの最善を尽くす。俺達が好きな歴史から学んだことだ」

ゆっくりと喋る司郎の眼差しに優しさが浮き出る。

「そして、自分が考え出した戦略と任命した武将を信じる！」

司郎が力のこもったセリフを発すると、康司はじっと司郎の方を見据えた。

「……とうさん……」

康司が思わず口にしたが、特に何か伝えたいことがある訳ではなかった。

司郎はうっすらと感じているこの時間の終焉に考慮してか、自分の想いを伝え続ける。

「正直なところ、母さんやお姉ちゃんに頼んで上手くいったとして、二人に泣かれたら俺の決心も鈍るかもしれないしな」

ハハハと照れながら司郎は笑い、

「……何？　じゃ、俺だったらいいって言うの？」

康司は怒りよりも嫌味を込めて言い返した。

「お前は男だ。男同士なら分かる、いや、男同士じゃなきゃ分かり合えないことってあるだろ。男の美学というか、ロマンというか……」

　ここまで、しっかりと自分の意思を貫き、その想いを語ってきた司郎だったが、ここに至っては自分の想いを表現しきれず、語尾に力がなくなる。

「つまり、漢の別れをしろと？」

　勘のいい康司が質問を挟んだ。司郎はパンと手を叩き、

「そう、それだ！　漢の別れだ。歴史に名を遺した武将達のように、逝く側も、送る側も潔く……」

　自分の気持ちを見事に表現できて嬉しそうに話す。しかし、康司が割って入り、

「後腐れなく？」

　嫌味を込めて、呆れ顔でぶつけた。

「おいおい、そんな言い方ないんじゃない。お前、俺がどんな気持ちで今回のことに当たったか、まだ分からないのか」

　こちらも呆れ顔で反論する。

「分かる訳ないじゃん」

　冷たく突き放す康司は、そっぽを向いた。売り言葉に、買い言葉。司郎と康司の言い合いが始まる。

「か〜、我が子なら分かってくれると期待した俺が馬鹿だったよ。こんなことになる

んなら、お姉ちゃんに頼んだ方が良かったよ。お姉ちゃんだったらスカッと気持ち良く送ってくれたろうに」

「今更そんなこと言わないでよ。散々、人をこき使っといて」

「こき使う？　なんて表現使うんだ。情けない。俺だったら、父親の願いだってんなら喜んで手伝うってのに。どこで育児を間違えたんだろうね」

「よく言うよ。生きてる時だって、父さんは仕事仕事で、爺ちゃんとこの手伝いには、いっつも俺と姉さんが行ってたじゃないか！」

「ヤス、お前はいつまで子供みたいなこと言ってるんだ。俺が仕事してお金を稼いでなかったら、暮らせなくなってたんだぞ。そもそもお前は、ちゃんと今、働いてるのか？」

「はいはい。お決まりの常套句だね。『私と仕事、どっちが大事なの？』って訊く女と同じくらいウザいよね。だいたい、俺だってちゃんと働いてるし、つい先日なんて、大金星だって社長に泣いて感謝されたよ。それに……」

康司がさらに皮肉ってやろうとした時、司郎が割って入った。

「……残念だけど、ここまでのようだ」

言い合いをしていた司郎は、どこか冗談ぽく、楽しげな口調であったが、今回のセリフには寂しさが含まれていた。しかし、それに気付きながらもヒートアップした康

司は、

「なに、急に。話の途中で逃げるっての？」

としがみ付いた。

「あぁ、悔しいけど初めての敵前逃亡だ」

司郎の潔さに、この貴重な時間が終わると悟った康司は、

「ずるいよ。こんなの勝ち逃げじゃんか！」

掴めないと分かりながらも手を伸ばした。


司郎と康司が最期の会話を取り交わした暗闇の世界。その世界の遥か彼方、司郎の意識が存在する後方に小さな光が灯った。

康司は、その光がいつ灯ったのか気付かなかった。しかし、光は徐々に大きくなっていく。

「嫌だ、こんなの嫌だよ！」

突然の幕引きに、怒りと恐れがこもった大声で康司が叫ぶ。

光は、徐々に闇を侵食していく。康司は声の出る限り叫び続ける。

「とうさん！　とうさん！」

康司の狼狽ぶりさえも愛おしげに見つめながら、司郎が話し出す。

「康司。本当にすまなかったな。色々と迷惑をかけて。お前は、今回のことを良くは思わないかもしれない」

「とうさん！　とうさん！」

落ち着いて喋る司郎から、この再会が終わると感じ取って、康司は必死で父を呼ぶ。不思議なことに、康司がこれだけ大声で叫ぼうとも、司郎の声はちゃんと康司に聴こえている。

「でも、お前にも申し訳ないけど、俺は嬉しかった」

「とうさん……」

司郎の後方から広がる光が眩しくなってきた。すると、今までは見えなかった司郎の姿がうっすらと康司の視界に映り始めた。

司郎は微笑んでいる。嬉しそうであり、でもどこか悲しそうでもあった。

康司が司郎の笑顔を見た次の瞬間、司郎はくるりと身を翻し、背を向けた。

「ある意味、俺は幸せ者だよな。死んでから息子と会えて、その成長が見られるなんてな」

「嫌だよ。行かないでよ、とうさん」

司郎は更に大きくなっていく光に向かって歩き出す。

「康司。母さんとお姉ちゃん、頼んだぞ」

「だから、ちょっと待ってよ。とうさん！　急すぎるよ。俺だって本当は言いたいこと一杯あるのに」

光がその速さを増し、ついに司郎が光に包まれた。康司は、

「とうさん、とうさん、とうさん……」

何度も半泣きの状態で父親を呼び止める。

「康司。ありがとう」

背を向けたまま、司郎は右肩越しに康司を見つめ、右手を上げた。

やはり、何とも言えない笑顔のままだった。

「とうさ〜ん！」

光の中に司郎が消えると、次の瞬間には康司も光に呑み込まれた。

＊　＊　＊

「……おにいさん」

「お兄さんってば」

竜斗の父が康司を運転席から呼んでいる。カーナビの案内に従って康司のアパートの前に到着したようだが、康司に確認してもらおうと声をかけたようだ。

「寝てるのにゴメンやで。もう着いたんやけど、ここで合ってるんかな？」

意識が朦朧としたままで、康司は身体を起こした。

竜斗の父は、康司がまだ具合が悪くて意識が安定していないのだと思っているが、実際は先程までの精神世界から現実世界に戻ったことによる疲れで眩暈を起こしているのだった。

康司は目を強く瞑り、右手を額に当てると、頭を振った。ゆっくりと目を開けていくと、まずは眩しさに目を細めた。時間をかけながら目を慣らしていき、左右を見回した。

右側の窓から見慣れた風景が飛び込んできた。左側の窓から自分が住むアパートが見える。さらに目を落とすと、竜斗少年が両手でしっかりと康司の左手を握りながら眠っているのが見えた。竜斗少年は、その体を小さく丸めながら眠っている。

意識が定まらない康司であったが、現実世界に戻り、家に着いたのだと理解するのに、更に数秒を要した。

「……あ、すみません。ありがとうございます……」

とりあえず、先程から運転席で身体を捻り、康司の顔を覗き込んでいる竜斗の父にお礼を言った。

やっと康司からの返事があったので、

「ええねん、ええねん。で、アパートってここで合ってるんやんな?」

肝心な質問を再度投げかける。

「はい。ここのアパートです」

著しく体力と精神力を浪費して余裕のない康司ではあるが、必死に笑顔を作って返した。康司の体力面でのつらさが見て取れる竜斗の父は、ここが目的地で間違いないと分かるや否や、

「よっしゃ、了解。じゃ、まずチャリンコ降ろすから、ちょっと待っててや」

と、車のエンジンをかけたまま運転席から飛び降りて、後部ドアへと走った。

後部ドアを勢いよく開けると、寝かせてあった康司の自転車を引き寄せる。

「そこに置いてください。自分で運びますから」

後部座席から竜斗の父のテキパキした動きを見ていた康司が声をかけた。もう、申し訳なくっていたたまれない気持ちになる。

「何言うてんの⁉　駐輪場に置いてくるよ。お兄さん、気にせんでええから。な、任しといて」

竜斗の父は、少し強めの口調で言い返し、康司に有無を言わせない。

「ホンマ、かなりしんどいんやろ？　僕に任しときって。そういえば、さっきまでうなされてたで。『とうさん』って何回も言うてたし」

そう言って竜斗の父は康司の自転車を軽々と持ち上げて、そのままアパート前の駐

輪場へ運び出した。

竜斗の父の姿が康司の前から消えた瞬間、康司は隣で寝ている竜斗少年に目をやった。

――ただ、寝てるだけだよな……？

自分自身に問いかけてみても返事はなく、代わりに、先程までの精神世界での会話が頭に戻ってきた。司郎が言っていたように、竜斗少年の心と体にダメージを及ぼしている原因が司郎の乗っ取りだとするなら、今回の会話はどうなのだろうと、司郎は空恐ろしくなってきた。

そういえば……と、司郎のセリフを思い出した。

『俺も今回のようなことは初めてで驚いている』

もしかしたら、康司が心配するようなことではないかもしれない、とも思ったが、反対に最悪の事態が起こっている可能性も捨てきれないとも思えた。

康司はゴクリと唾を呑み込むと、

「竜斗君？」

と、優しく声をかけてみた。

竜斗少年は、全くの無反応である。思わず、竜斗少年の鼻と口に手をもっていき、息があるかを確かめる。

康司は竜斗少年の規則的な寝息を手に感じると、少しホッとしたが、それでも不安は拭いきれない。

「竜斗君、竜斗君ってば……」

竜斗少年の手にやった手で肩を揺すってみた。壊れ物を触るかのような弱弱しさである。それでも竜斗少年は全く反応を示さない。いよいよ怖くなってきた康司は舌打ちし、

「あんのくそオヤジ。最後の最期にこんなトラブルを残して行きやがって……」

と、思わず小声でぼやく。

「竜斗君！　りゅうとくん！」

竜斗少年の肩を強く揺さぶって、声をかけていると、思いのほか大きな声になってしまい、竜斗の父が血相を変えて運転席に戻ってきた。

「どうした？　竜斗に何かあったんか？」

しまったと思った康司だが、今までの苦労が水の泡になり、司郎の期待を崩壊させてしまう訳にはいかないと腹を括り直した。

「いや、竜斗君に色々と迷惑かけてしまったんで謝ろうと思って起こそうとしたんです。でも疲れちゃったのかな？　なかなか目を覚まさないんですよ。それで声が大きくなっちゃって……」

康司は冷や汗をかきながらも笑顔を作り、言い訳をスラスラ喋った。

「……………」

康司の言い分を怪しむ竜斗の父は無言で康司を見ている。いや、睨んでいる。

——ま、まずい……。

そう思った康司と竜斗の父の間に一触即発の空気が流れ出した。それでも精一杯の作り笑顔で竜斗の父に対峙する康司。

竜斗の父が一度視線を落として戻した瞬間、竜斗が息を吸って大きく口を開けた。

「……んー、なぁにー?」

怒鳴ろうとしていた竜斗の父と、もう言い逃れできないと心が折れかかった康司が、一斉に声の方を向いた。竜斗少年が、眠そうに目を擦りながら声を発したのだ。

「もう、ヤス兄ちゃんのお家?」

泥沼のような空気から八艘飛びで脱け出すように、康司は、

「そうだよ。もう着いたから、お礼を言わなくちゃって思って起こしたんだよ」

竜斗の父には目を合わさず、竜斗少年に集中する。明らかにこれ見よがしの動きではあったが、竜斗の父が口を閉じたので功を奏したと言える。

その場しのぎでこのように竜斗少年と向き合うことになった康司は、改めて竜斗少

年の顔をまじまじと見た。十歳にも満たない少年が、眠たいにも拘らず、謝罪したいという康司に向き合ってくれている。その表情はあどけなく、まさに純真。

康司は吸い込まれそうになる真っ直ぐな瞳から目を逸らすと、座位の体勢のまま両膝を閉じ、両手を膝について頭を下げた。自分達の置かれた立場はどうあれ、この少年の人生を踏みにじるような行動を試みたことに恥ずかしさを覚えた。

「竜斗君。本当に色々とご迷惑をかけてしまいました。本当にごめんなさい。申し訳なく思ってます」

竜斗少年は、三十前後の青年が深々と頭を下げたことに戸惑った。すっと目を父親の方にやったが、そのままにしていなさい、と父親が無言で頷いたので、視線を頭を下げたままの康司に戻した。

「うん、いいよ。気にしないで」

なんとも竜斗らしいお許しの言葉だった。康司はその言葉を聴いて、ゆっくりと頭を上げ、にっこりと笑顔になって、

「良かった〜、許してもらえて〜。竜斗君は将来、大物になるね」

と、指差した。その姿が面白かったのか、竜斗少年もケタケタと笑った。

「じゃ、また、お風呂屋さんで会いましょう。僕は帰りますね」

そう告げると、康司は竜斗少年の右手を両手でしっかりと握り、もう一度頭を下げ

た。

――本当に、本当にありがとうございました。

そう心の中でお礼の言葉を唱えると、ゆっくり竜斗の父の方に向き直した。

「パパさん、本当に色々とすみませんでした」

こちらにも、深々と康司は頭を下げる。

「ええよ、そんなに畏まらんでも。まぁ、いろんな意味で、何事もなくて良かったよ」

竜斗の父は、いたわりの目で康司を見た。でも、どこか怪訝な表情も浮かんでいる。

竜斗少年同様に、謝罪を認められて初めて頭を上げる康司は、

「今回のお礼もありますし、もし良かったら、携帯の連絡先でも教えてもらえませんか？」

と、丁重に尋ねた。すると即、竜斗の父が返事をした。

「ホンマ、気にせんでええから。お兄さんがどうしても気になるっていうなら、また風呂屋で会った時に、ジュースかアイスでも奢ってよ。な？　それでチャラ！」

「そんなこと言わずに……」

とは、康司は言えなかった。自分の心にある後ろめたさもあってか、携帯番号を聴くまで粘ることはできなかった。

「……はぁ。それでいいなら」

竜斗の父は連絡先を教えたくないのかもしれないと感じると、康司は早々と諦めて車を降りた。ドアを閉めようと取っ手に手が触れた時、「じゃ～ね～、ヤス兄ちゃん」と手を振る竜斗少年。

康司は、「じゃあ、またね！」と目配せしてゆっくりドアを閉じた。

竜斗の父も運転席に座り直し、窓をスライドさせると、「じゃ、気を付けて。また」と康司に声をかけた。

「はい。本当にすみませんでした。でも、ありがとうございました」

康司は最後の挨拶をすると、頭を下げた。

「だから、もうええって。じゃ、行くわ」

窓から右手を出して合図を送ると、竜斗の父は車をゆっくりと走らせた。

康司は、徐々に遠くなっていく車の後ろをじっと見つめていた。

無意識のうちに、大きく手を振っていたが、車が二つ目の角を曲がったのを見届けると、徐に自室へと歩いた。

エピローグ

それからこの三人が一堂に会することはなかった。

康司は体調を取り戻した三日後、あの銭湯へと向かったが、竜斗親子には会えなかった。お礼と謝罪を改めて伝えるつもりだっただけに残念であり悔しい気持ちになった。が、それ以上に悔しかったのは、例の女性オーナーが帰り際にまたしても嫌味な言葉をかけてきたので、無視をして帰宅したが、家で怒りのあまり大声を上げてしまうほどだった。それ以降、康司はあの銭湯には入らなかった。

ただ、どうしても竜斗親子にお礼だけは伝えたかったし、心のどこかでもう一度父司郎にも遇えるのではないかとの期待もあって、銭湯のそばのコンビニで一時間ほど待った日もあった。それでも、会うことはなかった。

竜斗親子も、何回かは銭湯に来ていたのだが、全く康司に出会わず、次の年度には竜斗の父が転勤となってしまい、他府県へと引っ越ししていたのだった。康司も、竜斗の父も、あの時連絡先を交換しておけば良かったと何度も悔いたが、後の祭りであった。

しかし、そうなるべき事象だったのかもしれない。もう会えない方が不幸にならないと、〝天〟が悪戯したのかもしれなかった。そんな康司と竜斗少年が不可思議な再会を果たすのが、十七年後だったのはまさに〝天〟の悪戯としか言い表せない。

康司が司郎との奇妙な再会を果たして数日後、康司は、母と姉家族が同居する実家へと向かった。

「あら、ヤスくん。珍しいわね。ご飯ならないわよ」

姉のいつもながらの先制パンチを聞き流しながらも、康司は仏壇の前に座った。司郎の遺影を数秒見つめると、手を合わせ、お題目をあげた。

「やだ、ホントに珍しい。ヤスくんがお父さんに手を合わすなんて。何かあったの？」

驚いた顔で姉は言う。横にいた母も、不思議そうな表情をしている。頭を下げていた康司は、ゆっくりと前を向くと、「……親父にね……」と呟いた。

それを耳にした母と姉が揃って、

「え、お父さんが……？」

一気に深刻な顔になった。

「……たまには会いに来いって夢で怒られたんだ」

康司はおどけた顔を見せて、肩をすくめた。

「そりゃそうよ。ヤスくんだけお墓参りには行かないし、毎日手も合わせないし。お父さんが怒って、枕元に立ったのよ！」

姉がキツイ一発をお見舞いしてくる。

「普段は幽霊とか信じないくせに、こういう時は信じるんだね」

痛い所を突かれた康司は顔を歪ませて言い返すが、

「当たり前じゃない。だって、お父さんのことなんだもん」

と、あっけらかんと姉は言い切った。

「……あっ、そう」

二人のやり取りを見て、母が笑い、姉の家族も笑っている。

実家のリビングに、ささやかな笑いの花が咲いた。

ボケてもいないのに突っ込まれるだけの康司は、姉に散々いじられた後、一息ついてこう言った。

「……じゃ、次の墓参りはいつ？」

康司の顔には、迷いの消えた笑顔が咲いていた。

終幕

彼と僕と

プロローグ

『別れの痛みは、再会の喜びに比べれば何でもない。』

――チャールズ・ディケンズ

この言葉の意味を知る者は、なんと幸福であろうか。

この物語は、奇妙な再会を通して、何かに気付いた男性の物語である。


男の名は康司。四十八歳で、今は大手企業からも一目置かれる中小企業の統括部長をしている。趣味は草野球だったが、最近ではプレーの度に膝に痛みが走るため断念。仕事の接待で覚えたゴルフに鞍替え中である。

康司は十七年前、不可思議な事件に巻き込まれた。それは、死んだ父親の転生した少年と出会うという奇蹟を体験したことである。しかも、少年の意識と身体を一時的に乗っ取ることができ、死んだ父司郎としての記憶と思考で話すことができた。

このとんでもない奇蹟は、康司を感動させ、周りの人々に希望をもたらす……ようなモノではなかった。むしろ、この奇蹟は生きること、死ぬことの現実を突きつける結果となった。

その結果だけで言うと、父司郎は転生した少年竜斗を思い、必要だった数回を除き、その後は心と身体を乗っ取るようなことはしなかった。

必要だったのは、司郎のせいで竜斗家族の関係に亀裂が生じてしまったことを修復するための数回だった。その際、司郎は生前の息子であった康司の力を借りたのだった。

何とか事なきを得た後、司郎は二度と姿を現さず、康司と竜斗少年は二度と会うことがなかった。

康司は、自分が所属する中小企業で目まぐるしい活躍を見せ、オンリーワンの企業へと成長させる原動力となり、竜斗親子とは忙しくて会うことができなかったのだ。

しかし、康司が会うことを望んでも、再会は不可能だった。なぜならば、竜斗少年は、父が仕事の都合で転勤となり、他府県に引っ越ししたからだった。

そんな不思議な出会いと、奇妙な再会が起こった日から十七年後。再び、運命の再会が康司を待っていた。

再会

康司は現在独身。十六年前に仕事関係で知り合った三歳年下の女性と結婚をしたが、五年前に嫁の茜は子宮頸がんで永眠。四十歳の若さであった。残念ながら二人の間に子供は恵まれなかった。

＊　＊　＊

茜の死以降、康司は今まで以上に仕事に打ち込み、冴えない中小企業だった会社を、雑誌やメディアで取り上げられるほどの企業にまで成長させた。

もともと会社で作っていた製造部品は、かなりの技術を誇っており、貴重なパーツとして使われていた。しかし、割に合わないコストパフォーマンスに加え、費やされる手間暇が多かった。

そこに着目した康司は、もともと製造部門だったからこそ知り得る情報をもとに、かつて営業職で働いていた経験を加えて、大きくアピールするような企業戦略を打ち立てた。

当時の会社役員などは難色を示した。「その売り込みはすでにやった」などのセリフと共に、康司の企画案を払い除けた。

しかし、この時の康司が見せた気迫と集中力は凄まじく、何度も何度も説得し、理解を得ようと会社内を走り回った。康司の奮闘も甲斐なく、財政難や人材不足を理由に、この企画案は本会議で一度は却下された。

しかし、この時、社長夫人一人だけが会社役員に異を唱えた。

「あんたら揃いも揃って、口を開ければやれ『できない』だの、やれ『不可能だ』だの、いい加減にしなさい！」

会議の場は一斉に静まり返った。

「この、康司くんの企画書。ちゃんと読んだ人はどれだけいるの？」

企画書を手に、社長夫人は会議室に集まった役員の顔を射抜くほどに強い眼差しで見回す。唖然としながら、役員達は社長夫人と目が合うのを避けた。社長ですら目を逸らして、コーヒーを啜った。

「私はこの企画書を見た時、ついにこういった企画に着手できる従業員が生まれたかと喜びました。会社のことを考え、経費やコスト、人の配置までできる限り抑えられています。もちろん、それは康司くんが身を粉にして頑張ってくれると言ってくれているから可能なんですけどね。それなのに、あなた達ときたら……」

社長夫人は怒りのあまり、何度も会議机を手で打った。沈黙する役員達であったが、

どこか批判的な空気が流れていた。それを察した社長夫人は、

「ここで私が喚いていても始まりません。そこで、こんなことはしないと心に決めていましたが、今回だけはこのチャンスを逃す訳にはいきませんので……」

感情的だった話し方から、徐々に冷静に、且つ勝負顔になっていく社長夫人は、一息つくと、

「大株主として株主権を行使し、この計画を実行するように、社長以下すべての役員、従業員に求めます」

と、毅然とした口調で言い切った。

中小企業であったため、今までに株主や、株主権という単語すら出てこなかったこともあって、役員達は唖然としている。反論はおろか、どのように質問や意見を言えばよいのかも分からないと言った方が正解であった。役員の中には、社長夫人が大株主であったことが初耳だった者までいる。

実のところ、社長夫人でさえもこの大株主としての発言にどれほどの発言力や効力があるのか理解していなかった。

ざわつく中、ゆっくりと社長が口を開いた。

「大株主に言われたんじゃ仕方ない」

康司の企画案の議題では、ほとんど喋らなかった社長がやむを得ないといった表情

で頷いた。

「わしも、大株主には逆らえんでな。それでは、康司くんの企画案をしっかりと煮詰め、可能な限り早く着手したいと思います。それでよろしいかな？」

社長は隣に座っている妻に目を向け、会議室に洩れなく聞こえるように言った。

「仕方ない」「逆らえない」という割には迷いのない表情をしていたように康司には映った。

——もしかしたら、最初から……。

社長と社長夫人が打ち合わせの上での言動なのではないかと察した康司は、嬉しさと同時に責任の大きさを感じた。

——これはしくじれない。

そう決意を新たにすると、心の中で必ずや成功させると誓った。

その結果、工場は二つ増え、さらに増大して欲しいとの関係企業からのオファーを品質確保のために断るほどの企業へと成長した。

計画の遂行は順風満帆ではなかったが、概ね目標値を上回る業績を残すことができた。

康司は今、会社の顔として営業もこなしていた。もちろん、製造部門にも入るが、ほとんどがスーツでの業務となっていた。

＊　＊　＊

そんなある日、営業先に姪からメールが届いた。

「おばあちゃんが登山中に転んじゃって、足を骨折。連絡ください」

メールに書かれた内容に目を通すと、先方との商談を手短に終わらせ、すぐさま姪に連絡を入れた。

「康司おじさん。今、おばあちゃんの友達から電話があって、転んじゃった時に足首を折っちゃったらしいの。それでね、病院に運ばれたらしいんだけど、その病院が県境にある救急病院で私独りじゃ行けないし、父さんも母さんも仕事で連絡取れないの。どうしたらいい？」

高校生の姪は、不安を吐き出すように一気に捲し立てた。たまたま高校の創立記念日で休みだった姪が自宅の電話をとったらしいが、身内に起こる傷病に大きなトラウマがあるせいか涙を流しながら話している。

「おいおい、ちょっと落ち着きなさい。これじゃ、ちゃんとお話もできませんよ」

姪の狼狽ぶりから、母親の怪我が重傷かもしれないと焦ったが、それ以上に姪の精神状態を落ち着けてあげたいとの想いから康司はゆっくり喋った。

「でも、でもおばあちゃんが……」

「足を骨折したんだろう。そこしか電話で報告を受けてないってことは、それ以外は大丈夫ってことだよね。まぁ、多少は擦り傷なんかもあるだろうけど、慌てるほどでもないよ。な？」

「でも、でも……」

「だから、心配し過ぎなんだよ。ちょっとは冷静に、落ち着いて。おばあちゃんは大丈夫だから」

　康司は電話で話しながら、大袈裟なジェスチャーを加えながら姪を落ち着かせようとゆっくりと喋る。電話越しに大きな深呼吸が聞こえてきた。

　その深呼吸を聴き終えて数秒。絶妙な間を空けてから、

「で、おばあちゃんが運ばれた病院の名前は聴いてくれてるかな？　タブレットで調べてみるから、教えてちょうだい」

　と、少しふざけた感じを出しながら康司は質問した。

　姪ははっと息を呑み、自分が書き留めたメモを探し始めた。その様子が電話越しながらも手に取るように分かる康司は、

「慌てないでいいからね〜。ゆっくり、自分の目の前のメモをよく見てくださ〜い」

と、緩やかな口調で伝える。康司の想像通り、姪の目の前はメモや紙で少し散乱していた。

「……あった〜！」

数秒の沈黙を喜びの声が打ち破った。まるで宝探しで財宝を見付けたかのような喜びぶりを見せる姪に、康司は電話越しながらも苦笑する。

「はいはい、おめでとうございます。では、当選のキーワードをお願いします」

康司が笑いを噛み殺して訊くと、

「もう、おじさんったら。笑わないでよ〜。おばあちゃんが運ばれた病院はね〜……」

照れ隠しに頬を膨らます様子さえも目に浮かぶ康司は、すでにタブレットを用意し、検索できる段階にある。病院名を聴くや否や、打ち込み検索するとヒットした病院が今の場所から車で一時間の所と分かった。

「おじさん、知ってる？」

検索のために生じた沈黙に耐え切れず、姪が質問してきた。

「あぁ、この病院なら知ってるよ。今、仕事で近くまで来てるから、すぐに向かうよ」

嘘半分、真実半分だが、姪を落ち着かせるためと康司は割り切って喋った。

もちろん、知らない病院だった。県境にある病院で、名前も聞いたことがなかったが、ここで知らないと答えると、姪がまた不安になるかもしれない。咄嗟に出た嘘だったが、今から車で向かうことは本当なので、後ろめたさはなかった。

「え、私も一緒に行きたい」

姪の言動を読んでいた康司は、こう言うと予測していたので、

「おばあちゃんの心配をしてくれてるんだね。ありがとう。でも、僕が今から迎えに行くよりも、姉さんや義兄さん達と一緒に来た方が早く着くよ」

と、前もって用意していたセリフで姪を諭した。

「え、でも……」

不安そうに縋る姪が何か言おうとするが、

「今からそっちに迎えに行って、病院に向かうと余計に時間がかかっちゃうよ。今なら仕事で近くにいるから、すぐにおばあちゃんの傍に行ってあげられる。僕はどうするべきかな？」

と、説明を加えたうえで質問を返してみた。康司は姪に冷静に考えてもらいたくてゆっくりと喋り、考える時間もゆったりと取った。

「……分かった。すぐにおばあちゃんの所に行ってあげて」

姪の声に落ち着きが籠っていた。もう大丈夫だろうと確信した康司は、

「ありがとう。そうするよ。僕からも姉さんと義兄さんには連絡入れておくから、姉

さん達と一緒においで」

と、優しく伝える。

「うん。分かった」

姪の返事に得も言われぬ寂しさが漂ったが、康司は無視して話を切り上げた。

「じゃ、切るね。連絡、ありがとう」

「おじさん、お願いします」

「おう、了解！」

最後の返事だけは明るく、元気に応え、康司は通話を切った。

すでにタブレットは病院までの経路を示している。康司は営業カバンを抱えると、会社の社用車に飛び乗った。

それまでに会社にも連絡を済ませ、母親の所へと向かう旨を社長に伝え、了承を得た。

＊　　＊　　＊

車を運転しながら康司は呟いた。

「やっぱり、俺達のせいかな……？」

姪があそこまで動転するのは、茜の死が原因ではないかと思ったからである。

姪は一歳の時から妻の茜と親しんでいた。成長の過程においても、茜は我が子のように可愛がっていた。

それは康司との間に子供ができなかったこともあったのだろう。不妊治療にも専念したが、着床不全のため妊娠しにくいことが判明。元々、体は強い方ではなかったので、手術等は康司と茜で話し合って断念した。それ以降はなおのこと、茜は姪を溺愛した。

姪にとって茜は良き友人であり、姉であり、叔母であった。父母に話せない悩みなどは必ず茜に相談した。母である康司の姉が妬むほどだったが、茜は姉のプライドを損ねることなく立ち回り、何度も姪と姉との間を取り持った。

それゆえに、茜を敬愛していた十二、十三歳の姪にとって、茜のガン宣告は衝撃的だった。

医師からの宣告があってからは、毎日嫌だ嫌だと泣き叫び、茜の身体に縋り付いた。当事者である茜でさえも対応に困り果てることが多々あった。

ガン治療薬の副作用で髪の毛が抜け始めた茜が、髪を切りたいと言った。毎日、抜け落ちる髪が一層気持ちを不安にさせるからだった。茜から髪の毛を切ると言われた康司は、言葉にできないほどのもどかしさに苛まれた。

ベッドで長座する茜のために何もしてあげられないことが、これほど悲しく虚しいことなのかと康司は下を向いた。そして嗚咽して泣き出した。

茜はそっと、康司の頭を抱き寄せた。

翌日、入院した病院内にある散髪屋に茜を連れていった康司。茜は「スキンヘッドにしてください」と笑顔でマスターに注文する。

病院内の散髪屋で店主を任されている男性は、一瞬笑顔を曇らせるが、すぐに理解して康司の方を向いた。康司が小さく頷くと、マスターは優しい笑顔で、「分かりました」と、茜を「こちらへどうぞ」と促し、準備しだした。

茜が散髪台に座る。目を閉じてじっと待つ茜には、これまでの髪の毛のエピソードが走馬灯のように流れていた。

ほんの数秒だったが、大きなため息と共に目を開けると、隣の散髪台に康司が座っていることに気が付いた。

「えっ⁉」

そう驚いた茜の左手を、康司の右手が優しく握った。康司は茜を見てニコッと笑った。茜は声を出さずに泣きながら首を左右に振ったが、康司は何も言わずギュッと強く手を握るだけだった。

すっと前の鏡越しに、マスターと店員に伝える。

「じゃ、お願いします！」

康司と茜のやり取りからすべてを悟ったマスターと店員は、涙を堪え切れず、「はい」と言えなかったので何度も頷いた。


その日の夕方、お見舞いに来た姪は、茜がスキンヘッドになっていることに驚いた。言葉を探していた矢先に仕事の電話でちょっと部屋から出ていた康司が戻り、二人が揃ってスキンヘッドだったことに更に驚いた。

茜が姪に「驚かせてゴメンね」と声をかけるが、黙って椅子に座り込んでしまった。一緒に病院に来ていた康司の姉夫妻と会話を交わし、面会時間が終わろうとした時に姪はすくっと立ち上がり、

「私もツルツルにする！」

と宣言して、全員を驚かせた。

姉と茜の必死の説得で事なきを得たが、しばらくは全員が冷や冷やしたものだった。

一年の闘病生活を送る茜の傍には姪の姿があった。

茜も、姪には何度も気にしないように、自分の死を乗り越えて欲しい、自分の死を引きずらないでほしいと伝えていたが、姪はその話になる度に泣き出して、茜を困ら

せた。

茜が最期の時を迎えた際、姪は何度も気を失い、お通夜・葬式ともに立っていられないほどだった。身内を失う悲しみに慣れないままに成長してしまった姪は、少々のことでも過敏に反応するようになってしまっていた。

それが今回の件でも顕著に現れている。


原因が自分達夫婦にあるのではないかと頭をよぎった康司は、昔のことを思い出していた。

茜との出会い。交際を経て結婚。幸せだった新婚生活。

予期せぬ不妊。二人で泣きながら子供を諦めた夜のこと。

それでも二人だけの生活は幸せだった。

しかし突然、茜が四十歳の時に子宮頸がんであると宣告される。この時ばかりは、神も仏も天さえも恨んだ。何より愛する妻の異変に気が付かなかった己自身が許せなかった。その晩は、二人で泣きながら抱き合って眠った。

そして始まった闘病生活。どんなにつらくても笑顔を絶やさない茜に、どれほど救われたろうか。そして看取った最期の瞬間。何かを言おうとする茜の唇がかすかに動いたが、聴き取ることはできなかった。

父司郎の時、同様に、お通夜も葬式さえも、何をしていたか覚えてはいない。葬儀後に知り得たのは、いくつになっても身内を亡くすことには慣れることができないという当たり前の事実だった。

康司は運転しながら、回想に涙した。

＊　＊　＊

拭いても拭いても止まらない涙で視界が悪くなった頃、目的の病院に辿り着いた。ハンカチで涙を拭き取ると、車のルームミラーで充血した目を確認し、気持ちを入れ替えるために頬をパンパンと二回打った。

車から降りると、急ぎ足で病院の総合受付に向かう。愛想のいい受付担当に、母親が救急車で運ばれたことと、自分が息子であると伝えると、すぐに母親の居場所を教えてくれた。すでに処置を終えて、病室で安静にしていると言う。

五階の病室までの経路を受付担当から教わると、慌てずに、でもできる限り急ぎ足で病室を目指す。

人が生命を享受してから、生老病死は何人たりとも避けられないことだとは理解している。でも、それが身内に起こった際、驚かず、騒がずにいられる人間なんているのだろうか？　予期せぬ身内の不幸にもたじろがないのが聖人なのだろうか？　ならば、

――俺は一生無理だな。

そう自分の心で自問自答しながら、康司は先を急いだ。

病室には母親がいた。四人部屋であったが、今のところは母親一名分のネームプレートしか掲げていなかった。ここは出入りの多い病棟のようである。

母親は右足をギプスで巻いており、負荷がかからないよう宙に吊るされている。

「母さん」

病室に入って第一声が溜息交じりのこれだった。

康司は以前より、母親の登山には賛成ではなかった。康司の母親が七十代でありながら、近所の登山サークルに入った時から大怪我を懸念していた。

頻繁に活動がある時などは二週間に一回、月に二回以上も登山している。七十三歳という年齢にしては若々しく活動できているのは喜ばしいことではあるが、何事も過ぎたるは及ばざるが如しといったところで、康司にとっては心配の一つだった。

それが今回、嫌な予感はついに的中してしまった。康司が何か言おうと口を開くと、

母親は遮るように喋り出した。

「あら、ヤスくん。来てくれたの。ホントにごめんなさいね。お仕事じゃないの？」

気まずさを覆い隠すように、作り笑いであたふたと手を動かしている。

「それどころじゃないよ、全く。だからあれほど、程々にしてくださいねと言ったじゃないですか！」

康司は声を抑えながらも心配から来る怒りの感情を込めた。

「ちょっと足を滑らせただけなのよ。でも、やっぱり歳ね。こけまいと踏ん張った時に段差で足を折っちゃったのよね」

そう言いながら、作り笑い声が聞こえてきた。

「母さん。笑い事ではありませんよ」

有耶無耶にされそうな雰囲気をビシッと締める康司。続け様に、

「だいたい、骨折といってもどういう状況なの？　お医者さまから詳しく聴いてるの？」

少しの苛立ちを垣間見せながら質問する。

「えぇ、確か……右足首ひこ……っ骨折だったかしら？」

母親は首を捻りながら答える。

「いや、それだけじゃなくって、今後手術が必要とか、ボルトを入れるだとか、全治

にどれだけ期間を要するのか、そういうことだよ」

苛立ちを超えて、呆れたと言わんばかりに康司が捲し立てた。

康司が質問した後、母親はさぁと首を再度捻ってみせた。康司は再び溜息をついて、頭を掻いた。

「担当のお医者さんや看護師さんは？」

医師や看護師に自分が確認した方が早いと気持ちを切り替えた康司は、母親に質問し直した。

「看護師さんなら今、詰所に戻っていて、すぐにこっちに来てくれるって言ってたわ。若いね、男の看護師さん」

「あのね……」

看護師が男で、しかも若いと嬉々として語る母親に、もう一言苦言を呈そうとした時、病室にノックが響いた。

「失礼します」

若い男の声が響いた。康司は振り返ると、二十代半ば、いや、前半の今風男子が笑顔で立っている。

「あ、ご家族様ですか？」と康司に質問したので、康司は「そうです」と佇まいを正した。

「この度はお世話をおかけします。どうぞ、母をよろしくお願いします」

ほとんど看護師の顔も見ずに、頭を下げる康司。

「いえいえ、こちらこそ、よろしくお願いします。まずは、ご家族さんに説明をさせてもらいますね」

看護師は頭を下げたままの康司にそう伝えた。たぶん、康司と母親の会話が通路にまで聞こえていたのだろう。康司は、抑えたつもりであった声が次第に大きくなっていたのではないかと恥ずかしくなった。

「はい、お願いします」

そう言って、康司は顔を上げた。

するとどうだろう。若い男の看護師は、無言で目を見開いた。明らかに驚いた風である。

「看護師さん、どうかされましたか？」

康司は看護師の顔を覗き込んだ。康司には見覚えがない顔である。

「い、いえ。なんでもありません。では、今回の骨折の説明をさせていただきます」

康司は若い看護師の様子を怪訝に思ったが、それよりも母親の怪我の状況の方が気がかりだった。

看護師の話によると、右足首腓骨骨折。ギプス固定療法で治すことになり、完治には三～四か月ほどだと言う。固定してから二～三週間は松葉杖を使用して、患部に体重がかからないようにし、五～六週間で固定期間を終了予定。あとはリハビリになるであろうとの見込みであった。

康司は嘆息しながら看護師の話をじっくりと聴き、時には質問した。

「どれぐらい入院になりますか？」

「そうですね……」

病院としては、二週間は入院してもらった方がいいのではないかとの見解を看護師は出してきた。

——一人では決められない……。

康司は「もうすぐ同居する姉夫婦が来院するであろうから、相談して返事をします」と伝えた。

「ご家族さんとしっかり相談なさっていただいて結構ですので、またお知らせくださ い」

看護師は笑顔でそう康司と母親に伝え、会釈をした。

「では、何かありましたら、詰所におりますので、こちらのナースコールでお報せください」

看護師はそう言うと、ナースコールを指差し、病室から出て行こうとした。

「あ、ありがとうございました。よろしくお願いします」

慌てて頭を下げる康司が、こう言うと、看護師はピタッと立ち止まり、笑顔で振り向くと、

「申し遅れました。担当をさせていただきます……です」

と苗字を告げてから部屋を出た。

看護師が部屋を離れたのを確認してから、

「感じのいい看護師さんね。笑顔が素敵だわ」

と、康司の母親は感心した様子だ。もはや突っ込む気力が失せた康司は、心の中で「はいはい」と言ってから椅子に腰かけた。

これからのことを考えなくてはならない。しかし、一人では決められないので姉夫婦が到着するのを待つことにした。

「とりあえず、今日要る物って何だっけ？」

康司は母親に訊いた。康司の父司郎が入院した際には、身の回りの用意をすべて母親がやっていたので、母親に尋ねればいいと思ったようである。

「そうね、着替えに、食事を食べるためのお箸、ふりかけなんかも欲しいわね。あと、お風呂の用意なんかも必要ね。でも、お姉ちゃんが来てからでいいわ。家から持って

来られる物もあるから」

「じゃ、今はテレビカードぐらいかな？」

康司はテレビを指差しながら母親に確認する。母親がそうねと返事する代わりに頷いたので、

「ちょっと売店に行って、買って来るよ。ついでにお茶とかも買って来るから、待ってて」

康司がそう言って席を立つと、母親は申し訳なさそうに、

「ヤスくん。本当にごめんなさいね」

と、呟いた。

「……たいしたことなくて、よかったよ」

そう言い残して、康司は部屋を出た。先の言葉は、康司の率直な気持ちであった。


――さてと、売店は……？

母親の病室までに売店は見かけなかったと思い出した康司は、エレベーターのある所まで行って、各階の案内掲示に目をやった。すぐに二階に売店があると分かったので、エレベーターの下りボタンを押した。

この数秒の待ち時間に、先程の看護師のことが思い出された。何か、奇妙な感じが

する。言葉では表し切れない不思議な違和感が残っている。あの驚きの表情は、自分のことを知っていたからではないだろうか。

今や、雑誌やニュースなどのメディアにも紹介された康司は、自分が知らなくても相手が康司のことを知っているといったケースは珍しくない。しかしながら、今回は何かが違う。何か、大事な何かを思い出せていないのではないかと自問していた。

「売店ですか？」

不意に、康司の背中側から声がした。ビクッと振り返ると、康司の後ろにあの若い看護師が立っていた。売店に行くことを言い当てられたことにも驚いたが、今しがた彼のことを考えていただけに康司はたじろいだ。

「えぇ、そうなんです。よく分かりましたね。ははは」

とポーカーフェイスと渇いた笑いで康司が答えると、

「入院されると、皆さん、まず二階の売店に行かれますのでね」

と、見透かしたかのように看護師は喋り出した。

一瞬の間が空いて、康司が、

「どこかでお会いしましたか？」

と口にしようとした瞬間にエレベーターが到着した。

「じゃ、失礼します」

康司がそう言ってエレベーターに吸い込まれると、「2」のボタンを押す。

「では、お気を付けて」

看護師は軽く頭を下げた。


その時、康司は初めて看護師の胸にある名札に気が付いた。看護師が頭を下げている刹那の間に、康司は目を細め、名札を確認した。苗字だけでは思い出せないが、フルネームを確認できれば、何か思い出すのではないかと思ったからだ。

これは、他人との交渉が仕事の康司にとっては職業病みたいなものだった。特に珍しい行動ではなかったので、康司はいつもの気持ちでネームプレートに書かれた漢字を読んだ。

——……!?

エレベーターの扉が閉まった時、康司の身体は固まっていた。思考機能も停止していた。

普段、このような状況下で、知り合いに出会ったならすぐさまエレベーターを止めて、気さくに話しかける康司が一歩も動けなかった。

——え、嘘？　そんな……。

数秒の間に何度己に言い聞かせただろうか？

康司の口は何度も「竜斗」という名前を読み上げていた。

エレベーターは、五階から二階までの移動に二〇～三〇秒の時間を要したが、康司にとっては時間の概念を超越した時間だった。

一気に、十七年前の奇妙な出来事が思い出された。父司郎との再会と別れから、全く思い出すこともなかった記憶が、昨日のことのように脳を駆け抜ける。

康司にとっては、特別、思い出して感慨に耽る必要がなかった。むしろ、改めて今の時間と人生を大事にしないといけないと教訓になった再会だったからである。

その気持ちの区切りが、茜という伴侶を見付け、会社をオンリーワンの地位に高めたと言っても過言ではないと康司は思っていた。

そして十七年が過ぎ、年に数回、頭を過ぎるぐらいだった良き思い出が、今、不安と共に蘇ってきた。ずっとお礼を竜斗親子に言いたいと思っていたはずなのに、今は筆舌に尽くしがたい不安が胸を支配し始めている。

数秒前に覚えた不安は、一瞬で康司の心を暗い色に染め上げた。

康司は心の中で、

――また、何か起ころうとしている……？

と、動悸交じりに呟いた。

康司は二階に着くや否や、一度エレベーターから降りると、すぐさま隣のエレベーターで五階に戻ろうとした。乗ってきたエレベーターはそのまま一階、地下一階へと下りていくからだ。

しかし、ここでストレッチャーの搬送などがあり、思わず遠慮してしまった康司はすぐには五階に戻れなかった。遠慮したと言うよりは、すぐに五階に戻ることを躊躇したと言える。

結局、下りる時に乗ってきたエレベーターが二階まで戻って来たのでそれに乗り、五階に戻って来た。この数分でも、康司の頭の中ではあの時の記憶がぐるぐると廻っていた。

五階のエレベーターホールに降り立つと、急いで竜斗と思われる看護師を探した。左右を何度も見回すが、すでにあの看護師はいなかった。

一度エレベーターに乗ってから、少なくとも五分以上は経っている。それならばと、詰所に足を運ぶ。忙しそうに動き回る看護師の中から、年配の女性看護師に声をかけてみた。

「すみません、今日から入院させてもらってる者の家族ですが……」

そう言って話しかけると、女性の看護師は立ち止まり、

「はい、どうされましたか？」

と、笑顔を向けた。

「担当をしていただいている男性の、ほら、若い看護師さんを探しています。ちょっと確認しておきたいことがありまして」

康司はそう伝えると、看護師は康司の母親の名前を確認し、カルテを診て担当を割り出した。

「あぁ、竜斗君ですね。今、彼は別の患者さんの急な対応で、この病棟から離れています。たぶん、今日は時間内に戻れないかもしれません。代わりにお伺いいたしますが？」

女性看護師にそう言われて、康司はハッとした。質問内容をそのまま伝える訳にもいかず、それ以外の質問も考えていなかったので、

「いや、その……たいしたことじゃなかったです。ははははは……」

と、苦し紛れに笑ってごまかした。

「本当によろしいんですか？」

女性看護師は顔を一つ分前に出して尋ねたが、康司はとっさに取り繕うこともできず、

「はい、すみませんでした。お忙しいのに」

と、頭を下げるだけだった。

「いえ。それでは」

毅然と一礼をして、女性看護師は忙しそうに職務に戻っていった。

こうなると、康司の心は上の空になってしまう。竜斗のことが気になって仕方ない。一度はテレビカードを買いに行ったにも拘らず、忘れて母親の病室に戻り、

「あれ、ヤスくん。カードは？」

と、母親に言われて買い直しに行った。ついでにお茶も買って来てと母親に言われたのに、お茶しか買ってこなかった。

すでに心此処に在らず状態である。三度目でテレビカードを購入することができ、やっと母親に渡せたのだった。

流石に、こうも落ち着きがないと、母親も気になったようで、

「ヤスくん。何かあったの？　お仕事なら戻ってくれていいのよ。もうすぐお姉ちゃん達も着くってメールがあったから」

と、心配していた。

「いや、大丈夫。何でもないんだ。ちょっと気が動転しちゃったのかな？　姉さん達と話もしたいし、ここにいるよ」

康司は知らず知らずに表現しきれない不安を隠し切れなくなっていることに気付いた。

母親を心配させてしまっている。このままだと、母親に余計に心配をかけてしまうかもしれないし、何かあの時のことを口走ってしまうかもしれない。

そう感じたので、持ち前の集中力で、今は母親の怪我の治療に関することに専念するようにした。

母親と、入院生活のことや治療・リハビリに関して不安を取り除くような会話を心掛けていった。母親に笑顔が見られるようになった頃、

「お母さん」

「おばあちゃん」

と、姉と姪の二人が病室に入って来た。女性が三人集まって、一気に姦しくなる。康司は質問に答える以外はほとんど喋る機会も与えられず、聴くだけになっていた。

いつのまにか夕方になり、三〇分後には母親の夕食が運ばれると先程の女性看護師が伝えに来た。その際、医療業界に勤める姉が、看護師からアレコレと豊富な知識を基に訊き出した。

「よく、ご存じでいらっしゃるんですね」

女性看護師が舌を巻いている。

「製薬会社に勤めておりますので」

と、姉は威圧するかのように毅然と答えた。やりにくい家族だと思ったのか、女性看護師は忙しそうに話を切り上げ、次の患者の元へと立ち去った。

先程の姦しい会話で、概ねの話はついた。明日、姉が母親の入院生活に必要な物は持ってくるだとか、お見舞いは姉と姪、義兄、康司の順番で来るだとか、細かなことまで決定していた。

康司は自分がここにいても、もはや出番がないと分かっていたので、頃合いを見計らって、

「じゃ、私は戻りますね。母さん、また明日も来ますので」

と言って、椅子から立ち上がった。

心配そうにしていた姪の肩をポンと叩いて、笑顔で「またね」と伝える。

「じゃ、姉さん。また、何かあれば何でも言ってくださいね」

「ええ、その時はお願いするわ。今日は一番に駆け付けてくれてありがとう。あと、うちの子がかなり焦ってたみたいだけど、落ち着かせてくれたんだってね。本当に助

かったわ」

康司は姉の感謝を笑顔で受け止めると、これ以上何も言わずに立ち去った。

病室を出て、駐車場に戻る康司。車に乗ると、会社に連絡を入れる。社長が母親のことを心配していたので、状況を説明し、今日はこのまま社用車で家に帰り、明日は社用車で出勤すると伝える。社長は、母親が大事ないと聴いてホッとしたようだった。社用車での直帰もＯＫが出た。康司はお礼を社長に伝え、電話を切った。

ふぅ～と大きな息をついて、運転席でゆっくりと背筋を伸ばした。今日一日で、目まぐるしい展開が起こっている。そう思った数秒後には、放心状態で何も考えられない状態になった。

伝言

不意に、車の狭い空間に、ノックが響いた。

コンコンコン
虚を突かれた康司は飛び上がるようにノックが鳴った方を見た。そして、本当に飛び上がった。車の窓をノックしたのは、竜斗だったからである。

「こんばんは」

窓に遮られ、竜斗の声は聞こえなかったが、口の動きで何と言ったか分かった。

康司は心の準備ができないままに、竜斗との再会を果たした。


――どうしよう……？

と、考える間もなく、体が勝手に動き出し、窓を下げた。

「こんばんは」

康司自身もビックリするような素っ気ない返事を口走っていた。心臓の鼓動が三〇％増しで速くなっているのを感じる。

康司は次に何を言おうかと頭をフル回転させていたが、竜斗が先に口火を切った。

「看護師長から伺いまして、僕を探していたとか？　何かありましたか……ヤスシさん？」

「……!?」

康司は時間が止まるほどの衝撃を十七年ぶりに体験した。前回はアラサーで全盛期とも言える頃だったが、今やアラフィフの四十八歳。この驚きは体にダメージを与えるレベルだった。

驚愕のあまり声が出せずに狼狽する康司を余所に、竜斗が喋り出した。

「やっぱり気付いてなかったんですね、康司さん。まぁ、十七年前の僕は子供でしたからね。康司さんは、昔と変わらず、活き活きとされてますね。全然変わらない」

乗車する康司の顔の高さに竜斗が顔の高さを合わせる。竜斗の顔が近づくにつれて、昔見た竜斗少年の面影が今の顔の横にちらつく。言われてみれば、確かに竜斗少年が成長した顔である。

「あぁ、本当に竜斗君なんだね。きゅ、急な再会でビックリしちゃったよ。ホント、久しぶり。僕があの感じ悪い風呂屋さんで倒れた時に世話になった以来だね」

康司が言葉にできた精一杯である。喋る度に、何度も唾を呑み込んでいる。

「本当ですね。あれ以来だ。お元気そうで何よりです。あれから、康司さんに会えなかったんで寂しかったんですよ。父もそう言ってました」

竜斗が懐かしそうに喋るものだから、康司も驚きより懐かしさで胸を熱くした。

「僕も淋しかったよ〜。あれから何度も風呂屋さんに行ったけど、会えなかったんだよね」

「実は、あの後一か月ぐらいで父が転勤になったんですよ。住んでるのは隣の県なんです。で、僕は今、この病院で働いています」

康司と竜斗少年が出会った町から、この病院は車で一時間半といった所にある。そしてこの病院は丁度、県境にあり、竜斗は父親の転勤でその県境を越えた辺りに住んでいたと言うのだ。

竜斗から転居したと聴いた時、「道理で！」と言わんばかりに康司は手を打った。

「だから会えなかったんだね。謎が解けたよ」

康司の中のわだかまりが一気に霧散し、顔が明るくなった。

康司は竜斗との再会に、どこか後ろめたさを感じていたが、こうして話してみると、ただ旧友に町でばったり出くわしたのと変わらないと思い始めた。

よくよく考えれば、確かにそうである。竜斗少年自身にも、康司の父司郎のことはバレていない。今の竜斗の話しぶりからして、転居後にも父司郎の件は問題なかったのであろう。

途端に気持ちが軽くなった康司は、

「お父さん、お元気にされてるの？　あの後、しっかりとお礼できなかったのだけが心残りでね」

「父は元気ですよ。今はまた転勤になって単身赴任です。僕と母が一緒にこの辺に住んでるんです」

「そうか、お父さんによろしくお伝えくださいね。あの風呂屋の兄ちゃんがお礼を言ってたって」

　竜斗と会話を交わすと、だんだん楽しくなってきた康司。しかし、まだどこか心に迷いがあるせいか、自然とこの場を離れるような展開に導いている。

　康司自身も気が付いていたが、このまま今日は一旦引いて、明日以降にゆっくりと話をできるようにする算段だった。

　しかし、竜斗はこの場で終わらせる気はなかった。

「……康司さん。時間あります？　せっかくの再会ですし、これから食事なんてどうですか？」

　竜斗は先程までのナース服ではなく、今風の私服姿で、大きなカバンを肩に担いでいた。

　竜斗からの誘いに、康司はたじろいだ。先程、社長に伝えたように、今日はこのままこの社用車で直帰することになっている。時間はある。でも、話が急展開すぎるので、気持ちがついていかない。

そう判断した康司は、

「ごめ〜ん。これから会社に戻らないといけないんだよ。折角誘ってくれたのに、申し訳ない」

と、手のひらを顔の前で合わせた。

「やっぱり、雑誌とかに取材される人はお忙しいんですね」

竜斗が残念そうに言うので、「お、それも知っててくれたんだね。嬉しいなぁ」と返す。

「はい。父がよく読む経済関係の雑誌に康司さんが載ってると言って、喜んでましたから。父はずっと、康司さんは一角の人物になるって言ってましたからね」

康司は竜斗の発言を聴いて、妙にこそばゆくなった。竜斗は康司の心を掻き乱すようなセリフを持ち出してくる。そう言われて悪い気になる人間なんていない。

康司の中で、ちょっとぐらいならいいか。食事ぐらいなら大丈夫だろう、といった気分が出てきた。

「へぇ、お父さんが僕のことを、そんな風に評価してくれてたんだ。嬉しいなぁ〜」

ここまで言って、康司は帰るつもりだったのだが、意に反して口が滑ってしまった。

「やっぱり、ご飯行こうか？」

にやけた表情の康司だったが、

「はい、喜んで！」

と言った竜斗の笑顔を見て、しまった！　と思った。どこか、言わされたっぽいと感じ取ったからだ。そう感じた康司は急いで口を動かした。

「あぁ、でもなぁ。ちょっと難しいかな。ちょっと待ってね」

そう言って、腕を組んで唸り出した。

答えは決まっているが、何と言って断るかを必死に思案している。

康司の煮え切らない態度に、しびれを切らした竜斗が先程までの笑顔を消してこう言った。

「もう、どっちなんですか〜。さっき、康司さん、こう言いましたよね。『謎が解けた』って。実は、僕も謎が解けたんですよ。あの頃だけ、どうして熱が出ていたかの」

康司は、自分の顔が蒼ざめていくのが分かった。竜斗の発言が、何を意味するのか推測できるからこそ、血の気が引いた。

しかし、竜斗が言うその理由が、看護師である竜斗の医学的見解かもしれないではないか。そう閃いた康司は、何か言い返そうとしたが、遮るように竜斗が続けた。笑顔のない、淡々とした表情で。

「康司さんには、伝言も預かってますよ。お伝えしないといけないことがあるんです」

――伝言？　誰から……？　伝えないといけないこと……？

康司の頭の中に、考えられ得るすべての可能性がフル回転で渦巻いている。

一つの懸念は、次々に枝分かれして、導き出される過程は把握しきれないほどに多岐に亘った。康司の脳味噌が、これ以上考えると脳か精神に傷が付くと判断し、思考能力を強制的に止めた。

「ふ、ふぅ～」

深い海中で息ができなかった男が、一分後に海面まで出て初めて息をするかのような深呼吸だった。それほどまでに脳は酸素を欲していた。

康司の狼狽ぶりを見かねた竜斗は、

「大丈夫ですか？　深刻に考え過ぎちゃうと過呼吸になっちゃいますよ。康司さん達を責めようとか、そんな話じゃないですから。むしろ、感謝してるくらいなんですよ」

と、先程の無表情な顔ではなく、落ち着いた笑顔で言った。

――康司さん……達⁉

康司の耳には、この複数を指す単語しか残らなかった。

竜斗は父司郎の存在に、何らかの原因があって気が付いたと思われる。康司はそう推測した。

ならば、竜斗の口から恨みや妬み、もしくはそれをネタに脅迫。そんなこともあるかもしれないと思わずにいられなかった。しかし、康司の脳には竜斗が最後に発言した〝感謝〟という単語もインプットされていた。

相反する情報が脳内を駆け巡り、何も考えられなくなった康司は、諦めたかのように力を抜いた。

頭が眼前のハンドルにもたれかかる。

「……で、竜斗君。僕はどうすればいいの？」

康司は相手の出方を待つことにした。

「そうですね。とりあえず、晩御飯なんていかがですか？　そこでゆっくり話しましょうよ」

竜斗は嬉しそうな顔でそう言った。

「……晩御飯ね。いいね。了解」

康司は再度、深呼吸をし、ハンドルに委ねていた頭を戻した。

康司は気持ちを切り替えた。と言うよりも、不確定な要因から発生する不安に振り回されている己自身に気が付いた。これこそまさに、杞憂である、と。

竜斗からしっかり話を聴いて、その対応に当たればいいのであるから、

――いつもの仕事内容と変わらないではないか。

そう開き直ることができると、かえって興味が湧いてきた。

今回は、十七年前の説明しきれない事態がベースにあるので、必要以上に焦った感がある。何より、竜斗に対しての後ろめたさが事態を大きく、深刻なものに見せていた。

間違いなく、この十七年の間で父司郎に何かあった。そして、竜斗と何らかの折衝があったのだろう。そう考えると、事の次第を知る人間としては聴いておきたいとの気持ちが出てきた。

「竜斗君、乗って。美味しい店があるから、ご馳走するよ。これから母も世話になるしね」

開き直った康司に、いつもの冷静さが戻った。

竜斗を車に乗せて、接待で利用する程よい価格で美味しいお店に連れて行くことにした。その上、母親の看護で世話になることの労いも込めようとしたが、

「あ、それは話が別です。お母様の件は看護師としてしっかりと看護させてもらいますし、そのような申し出はお断りさせていただいてます」

と、きっぱり線を引いてきた。

「今日は、古い知り合いに偶然再会して、昔の話と今に至るまでの思い出話をするた

めにご一緒させてもらいます」

とも続け、康司の認識を確認した。

「そうか。分かった。母親の件は別だね。了解。じゃ、行こうか？」

康司は竜斗の看護師としてのプライドを考慮していなかったと認識を改め、竜斗の言い分に従った。

康司が自分の意見を汲み取ったと確認した竜斗は、一度大きく頷くと、ゆっくりと助手席側に移動した。竜斗が助手席に座り、シートベルトを装着するのを確認し、康司はアクセルを踏み出した。


車を出して数分。この間、康司と竜斗は全くの無言だった。どちらも、相手の出方を窺っているかのような沈黙ぶりだった。しかし、ここはやはりと康司が年配者として話を切り出した。

「で、竜斗君。この十七年の間に何があったの？」

ストレートど真ん中の質問を竜斗にぶつけてみた。

すると竜斗はクスッと笑い、

「今は運転中ですから、危ないですよ。さっきの康司さんを見てたら、怖くて今はまだ話せません。お店でお話ししますよ」

と、直球勝負のバッターボックスから一旦離れた。

「それよりも、まずは康司さんの話を聴かせてくださいよ」

竜斗は運転する康司に向いてニッコリとする。

「え、そんなに驚く？」

「ええ、多分」

康司の質問に、悪戯っぽい子供の頃の笑顔で竜斗は答える。

「そうか、じゃ、危ないな。間違いなく事故るね」

と、笑いながら喋る康司は、一度咳払いをした。

「じゃ、私から話させてもらおうかな。この再会までの話を……」


康司はあの日、銭湯で倒れてから今日までの話を、掻い摘んで、時に笑いを交えながら語った。

仕事が軌道に乗り始めたこと。妻を娶ったこと。そして、癌。共に過ごした闘病生活について。妻が最期の時を迎え、しばらくやる気が出なかったこと。仕事に復帰すると、今まで以上に拍車がかかった勢いで働いたこと。そして、最近は仕事でメディアにまで取り上げられるほどになったこと。

目的の店に着くまでの三〇分で、語りつくした。

竜斗は時に相槌を打ち、時にケタケタと笑い、注意深く話を聴いていた。

特に、妻の闘病生活の件では、看護師として気になるのか、いくつかの質問を交えながら真剣な顔で聴いていた。そして、妻が安らかな最期を迎えたと聴くと、静かに目を閉じた。その時は、何か康司に言葉をかけようとしていたが、言葉が見付からず、ただ何度も頷くだけだった。

「まぁ、私の話はこんなところかな。何か、湿っぽくなっちゃったかな？」

「いえ、そんなことないです。貴重な体験談が聴けて、勉強になりました」

砕けた言い方の康司に対し、襟を正した喋り方をする竜斗。先程までとは、どこか違う面持ちを感じさせる。何か、落ち着いたというか、迷いがなくなったようにも見える。

康司は竜斗の変貌に気付いていたが、敢えて何も言わなかった。自分の十七年を語れた達成感がそうさせたのかもしれない。

「さぁ、次は竜斗君の番だね」

「はぁ、でも、まだですよ。店に着いてからじゃないと、せっかくの命が危ない」

――せっかくの命……？

康司は竜斗が発したこの単語に引っかかった。

根掘り葉掘り質問したかったが、店に着かない限り竜斗は喋らないだろうと思ったので、何も言わなかった。代わりに「さあ、店の傍の駐車場に着きましたよ」と笑った。

駐車場に社用車を停め、二人は車を出た。数分歩いて、ホテルの中にある割烹バイキングの店に辿り着いた。

康司が仕事関係者を接待したり、懇親会をしたりすることに利用しているこの店は、ホテルの二階にあり、主な利用客は宿泊客。それだけではなく、最寄りの駅に乗り換えが四つもある主要の駅であることから、多くの人が愛用している。しかし、ホテルの中にあることと、敷居が高そうな外観からして、敬遠する人も多い。

竜斗は店の前に来ると、

「うわっ、高そうなお店ですね。本当にいいんですか？」

と、康司がご馳走すると言った言葉の確認をした。

「あぁ、気にしないで。この店、見た目がこんなんだから値段が高そうだけど、実はかなりリーズナブルなんだよ。その上に美味しい」

康司は大人の余裕を見せて、そう言った。

康司が先に店先の暖簾をくぐり、竜斗がその後をついて来た。店の受付をしている

着物を着た女性が、

「あ、部長さん、ようこそいらっしゃいました」

「急にゴメンね。二人なんだけど、お願いできるかな?」

「はい、もちろんでございます。どうぞ、こちらへ」

一通りのやり取りを経て、四人用の席に通された。

二人は着席すると、飲み物を注文した。

「うわ〜、店の中も豪華ですね〜。ホントにすごいや。今度、師長らも連れてきます」

竜斗は子供のようにあちこちを見ながら、落ち着きなく喋った。こうして見ると、あの頃の竜斗少年の面影が際立って見える。

康司と竜斗の置かれている立場が、この店で反対になったようだ。この効果は、仕事でも使っているのだが、康司は〝地の利〟と呼んでいる。自分の有利な、やりやすい土俵に相手を引き込む戦法だ。読み通りに功を奏して、康司は主導権を握ったように感じている。

店員が、カクテルとウーロン茶を持ってきたので、二人は再会に乾杯した。

「じゃ、まずはゆっくりご飯を食べながら、本題じゃなくて、竜斗君の今の仕事について話を聴かせてよ」

自分の土俵に引きずり込んだことが、康司に大きなゆとりをもたらした。早く聴きたいとの焦りもあったが、ここで竜斗に焦りを見せてしまうと、せっかくのポジショニングが意味をなさなくなると思ったからである。

ビュッフェスタイルで、和食という珍しいお店に高揚していた竜斗だが、ふと静かに康司を見据えた。

「うん、どうかしたかい？」

康司が質問を投げかける。

「……いえ、ホントに大人の余裕だなって思いまして。十七年前は、どちらかと言うと血気盛んって感じだったのに、今はダンディーな雰囲気になっちゃって、カッコいいなぁと」

竜斗の視線は、憧れだったようだ。康司は竜斗の発言を受けて、鼻で笑った。

「十七年も過ぎているんだよ。人が変わったり、成長したりするのに充分過ぎる時間だよ。僕はもはや、老化だけどね。そういう君だって、体だけでなく、心も立派な大人になったようじゃないか。仕事で看護師を選ぶなんて、本当に素晴らしいことだよ」

会話に強弱をつけ、時に笑い、時に真面目に喋る康司の営業術が、ここでも発揮されている。康司が真剣に褒めるからか、竜斗は照れたように笑い、額をポリポリと掻いた。

「……看護師になった理由は、また後ほど。ここが今日、お伝えしないといけないことなんで」

さらりと竜斗は言う。康司はこの店に着いてから、竜斗の発言を驚かずに聴くことができた。

「そうか。じゃ、とりあえず食べよう」

「はい！」

笑顔で言葉を交わすと、二人は料理が並ぶところへと向かった。

＊　＊　＊

美食を味わい、そして昔話に花を咲かせる。なんとも贅沢な時間である。康司と竜斗は、割烹バイキングに舌鼓を打ちながら、十七年前の話と、竜斗の今の状況を話題にしていた。一通りの食事も終わり、デザートを食べ上げた頃、楽しげな雰囲気が陰り出し始めた。

二人とも笑顔だが、目だけは笑っていなかった。お互いに、出方を窺っている。

微妙な空気になってきた矢先、康司が膝を打った。

「さて、楽しい食事でしたね。こんなに楽しく食事できたのはいつ以来だろう。竜斗君、本当にありがとう」

康司は座りながら、深々と頭を下げた。

「いえ、こちらこそ。ありがとうございます」

竜斗も深々と頭を下げた。竜斗は頭をゆっくり戻すと、今まで以上の笑顔で、

「でも、ここまでですね」

と事も無げに言った。その言葉を聴いて、康司は表情を引き締め、

「そうだね。本題に入ろうか。念のために、水だけ用意しておくよ」

と返した。直後に店員を呼び、大きめのグラスで水を用意してもらった。


「さて、竜斗君の話を聴いてて、一時期の話だけがすっぽりと抜けているように感じたんだ。そこが看護師になった理由であり、今回の話し合いの要点なのかな?」

康司はただ聴いているだけではなかった。話の中から時系列や、キーワードを聞き漏らさないようにし、且つ、言葉のパズルを組み立てていた。

「ご明察です」

竜斗は優しい笑顔を浮かべた。竜斗が敢えて話題にしなかった部分を言い当てられて嬉しいようだ。

「ただ、康司さんは大きな勘違いをされています」

竜斗が眉を顰める。

「僕は康司さんに感謝の想いを伝えにきたんです。それと……」

竜斗は言葉の最後を躊躇った。

康司は竜斗の言う勘違いが気になるところだが、それ以上に言葉の続きが気になって復唱した。

「それと？」

「……シロウさんからの伝言を預かっているのです」

竜斗は康司の目を見つめている。

康司は、予想していたとはいえ、こうもさらりと父司郎の名が出てきたことに驚いた。一瞬で頭が真っ白を通り越して透明になった。

康司の身体が無意識に水を求め、手が勝手にグラスを口に運び、口が勝手に水を飲み出した。水の効力か、思考能力だけは戻った康司が、頭の中で何を質問しようかと考えていると、

「驚きましたか？　て、驚きますよね、普通」

「まぁ、予想はしてたんだけどね。でも、やっぱり驚きを隠せないよ。何があったの？」

竜斗と康司の間で奇妙な笑顔が浮かぶ。半分引きつった笑いの康司が話の先を急かすも、竜斗は口を閉ざした。

「その前に……」

「その前に？」

竜斗は改まった表情で康司に要求した。

「もう、シロウさんのことは隠さなくていいじゃないですか？　康司さんから見た、あの時のこと、教えてくれませんか？」

「……それは、君が私の父とコンタクトを取ったことに関係あるんだね？」

「はい、その通りです。僕も、シロウさんから話は聞いています。でも、康司さんからも聴いておきたいんです」

竜斗は真剣な顔で康司を見た。

鼻で大きく息を吸った康司は、ゆっくり息を吐くと、

「分かりました。お話ししましょう。父が言っていたことと、相違ないか確認してください」

康司は気が付いていた。竜斗は司郎から聞かされた内容が事実なのかどうか不安だったのだ、と。最悪の場合、騙されているケースも有り得る。

また、司郎と竜斗で大きな食い違いがあるかもしれない。司郎と康司とで内容が違っていたら、場合によっては、竜斗が真意を話してくれなくなるかもしれない。

でも、康司には確信があった。父司郎ならありのままを話すだろう、と。自分のことはあまり語らず、謙遜した内容になっているだろう、と。

だからこそ、康司が康司側から見た事実を話す必要がある。

「じゃ、少し先に話させてもらうよ」

康司はあの日々のことを、自分から見た父司郎を中心に語り出した。

＊　＊　＊

「そうでしたか……」

竜斗は康司の話を聴き終えると、涙を流した。司郎の心意気や哲学に魅力を感じ、そして竜斗の人生を奪いたくないと高潔な判断を下したことに感謝したのだ。

数秒の間を置いて、竜斗は頷いた。

「では僕の話を聴いてください」

そう言うと、竜斗はゆっくりと語り出した。

十七年前の別れから後、今日に至るまでの中で、一番不思議な体験をした話を。

「先に結論から言うと、僕はシロウさんに命を助けられ、シロウさんの命をもらいました」

「……はぁ？」

竜斗のいきなりの結論に、康司は面喰らった。かなりの間抜け面を晒して首だけを前にスライドさせている。ちょっと近くなった顔の距離を保つために、竜斗もちょっと身体を後ろに反らした。

ニヤッとする竜斗は、楽しむかのように黙っている。話の主導権を握ろうとしている。

そうと分かっていた康司だが、理解できないことだらけのせいでイライラしてしまい、思わず、

「どういう意味か、早く説明してくれないか」

と、声に怒気を込めた。

「まぁまぁ、慌てずに。ちゃんと順を追って説明しますから」

竜斗の両手がまぁまぁのリズムに合わせて動いた。

「あの日の後のことなんですが……」

そう切り出して、竜斗は話し出した。

数回にわたり、あの嫌味な女性オーナーのいる銭湯に竜斗の父と二人で通ったが、康司には会えなかった。日が合わなかったのかもしれないし、時間帯が合わなかったのかもしれない。

そんな矢先、竜斗の父の転勤が決まる。隣の県への転勤だったので、家族会議を行っ

た結果、家族全員で引っ越しとなった。単身赴任も選択肢に上がったし、時間はかかるが通勤するという選択肢もあったのだが、両親共に竜斗のことが気になっていたこともあり、引っ越しを選んだ。

竜斗少年自身は康司にもう一度遇いたいと思っていたが、その心を汲み取った竜斗の父が色々と手を尽くしてくれた。

あの女性オーナーに康司のことを訊いてみたり、連絡が欲しいと携帯電話番号を書いた名刺を渡しておき、康司が来たら渡してくれと頼んだり。

残念ながら、この頃には康司の仕事が繁忙期に入っており、銭湯には全く行けていなかった。

久々に銭湯に行けた際、女性オーナーがすでに名刺を処分しており、竜斗の父からの依頼についても、康司には一言も喋らなかった。他にも、銭湯で挨拶を交わす人達に康司のことを尋ねたりしたが、反応は梨のつぶてだった。

引っ越ししてからも、月に一、二度は銭湯に車で一時間弱の時間をかけて行きもしたが、それ以降は続かなかった。

竜斗少年は残念でならなかったという。

この時、竜斗少年はなぜこんなにも康司に会いたいのだろうと疑問に思ったらしい。

自分でも、兄のように思えるからとか、話が面白いからなど答えを出していたが、それ以外の要因があるのではないかとうっすら感じていた。

でも、その奇妙な感覚は表現できなかった。

「この時は、思いもよらなかったですよ。まさか、自分の中に、もう一人の人格が息づいていたなんて」

思い出話の合間に、竜斗は肩を上げて微笑んだ。康司はあっけにとられたままで、今はぐうの音一つも出ない。


「そして話は飛びます。僕は高校生の十八歳になって間もなく、若年性ガンになりました」

「……ガン⁉」

竜斗は何事もなかったかのように言い、康司は、それは一大事と言わんばかりに驚いた。

「若年性の膵臓腫瘍で、極稀なケースだったみたいです。まぁ、十〜二十万人に一人、なるかならないかぐらいですかね。全く、宝くじは当たらないくせに、こんなのには当たっちゃうんですよね」

過去のこととはいえ、竜斗が一切の深刻さを見せずに冗談を交えながら喋ることに、康司は違和感を覚えた。どこか、落ち着きすぎている。

そして感じた。竜斗が持つ独特な雰囲気と笑顔は、闘病の果てに死線を乗り越えたからこそ醸し出せるものなのではないか、と。

竜斗が話を続ける。

十八歳になってすぐ、身体に倦怠感と眠気を常に感じるようになったという。通学の際も、足元がおぼつかず、頭の中がグラングランしていた。授業を集中して受けるどころか、座っているのがすでに苦しかった。

竜斗少年の顔に生気が見られず、担当の教師から竜斗宅に連絡が入った。

この頃ちょうど、父は仕事が忙しく、母もパートで始めた介護の仕事にどっぷりと嵌っていた。竜斗が調子悪そうとは気付きながらも、あまり深刻に考えていなかった両親だが、担当教師の言い方が切羽詰まった喋り方だったので、初めて竜斗を総合病院に連れて行った。

血液検査をしてすぐ、医師と看護師がざわめいたのを覚えていると竜斗は言う。

結果、若年性の膵臓癌で、進行具合はすでにステージ3だった。竜斗の若さが、一気に進行具合を引き上げた結果となった。

「ステージ3⁉」

康司が呻いた。康司の父司郎も初見の際、見つかった癌がステージ3だったからだ。因縁めいた何かを感じざるをえない。

「それで？」

自分の呻き声に反応して話を止めた竜斗に続けるように促す。コクンと頷くと、竜斗は再び話し出した。

幸い、転移は見つからなかったが、現段階では手術にも踏み込めない状態だと診断され、それはほぼ死の宣告。竜斗の両親は診察室で咽び泣いた。二人とも自分のせいだと泣き喚いた。

意識朦朧とすることもあった竜斗だが、両親をこんなにまで泣かせてしまったことに申し訳なく思った。そして、居た堪れなくなって竜斗も泣いた。

その場で緊急入院となった竜斗少年は病室で横になるだけの生活が始まった。

父は極力仕事を減らして毎日病室に顔を出し、母は介護の仕事を辞めて、竜斗に付き添った。

竜斗自身も入院して数日が経つと、自分の置かれている立場を実感し始め、死への恐怖が濃くなった。時に泣き喚き、恐怖を怒りに変えて物を投げ壊した。

それでも、日に日に体力は落ちていったので、頻繁には怒れなくなった。だんだんと怒ることさえもできなくなってきた。

そうなると、数日に一回は昏睡状態に陥るようになった。

＊　＊　＊

そんなある日、奇蹟が起きた。

入院して何日目の晩だったのか、竜斗自身も覚えていない。そんな夜中に、竜斗の耳に竜斗を応援するエールが聴こえてきた。

「りゅう～と！　りゅ～と！」

何度も繰り返される竜斗の名前。時間の感覚が麻痺した竜斗にも、長い間途切れることなく続いていると理解できた。

最初は耳障りに感じていた竜斗も、この力の籠った声が自分へのエールだと分かった時、誰がエールを送っているのだろうかと気になった。

「……誰？」

昏睡状態に陥った竜斗が心の中で叫ぶ。するとどうだろう。

「りゅ～……」と言って、ピタリと止まったのである。その代わりに、「……え？」と気が抜けた声がした。

「え、嘘？　竜斗君？」

声の主は明らかに驚き呆れている。

「あなたは、誰？」

竜斗は質問し続ける。

「……いや、その……なんて言うか……、あの……」

「だから、あなたは誰なんですか⁉」

仰天して狼狽する声の主めがけ、竜斗は怒りを込めて三度訊く。

「……えぇっと、康司の父で、司郎と申します」

「……⁉」

懐かしい名前に、今度は竜斗が驚いた。

「康司って、あのヤスシ兄ちゃん？」

「そう。君が昔、銭湯でよく話をしていた康司。彼は僕の息子だ」

司郎と名乗る声の主が言っている内容の九割は理解できないが、康司という人名だけは理解できた。その康司が自分の知る康司だと言われても、何が何だか分からない。

「えっ？　えっ？　どういうこと？　それに、ここはどこなんだよ？」

竜斗の口調が荒くなる。不安からくる恐怖がパニックを引き起こそうとしている。

しかも、先程までの声が聞こえてこなくなった。

「おい、返事しろよ！　何なんだよ、一体？　俺、死んじゃったのかよ？　答えろ！」

十八歳の多感な青年が我を忘れて泣き叫んだ。思念だけの世界なので身体はないが、全身でジタバタと駄々を捏ねながら悪態の限りを尽くす。

時間の概念はないが、少しの時間が流れた。

竜斗は悪態つき疲れ、メソメソと泣き始めた。

「あ～、はぁ、はぁ、はぁ。んぐ、あぁ～、おとうさ～ん。おかあさ～ん。死にたくないよ～。まだ、死にたくないよ……」

現実世界では、こうも泣き喚くだけの力がない竜斗は、ここぞとばかりに力一杯抵抗してみせた。しかし、その抵抗も虚しさしか残らない。すると、

「ここは、精神世界であり、君の体内だよ」

と、先程の声が戻って来た。

「私はずっとここにいた。ただ、君が話のできる状態ではなかったので、黙っていたんだ」

竜斗は泣きじゃくりながらウンウンと頷いた。

「……私の話を聴いてくれるかい、竜斗君？」

泣きながら頭を振る竜斗。

「まず、私はさっき告げたように、君の知る康司の父で司郎と言います。私は、ガンで死にましたが、魂は君に転生した。いや、正確に言うと憑依した……しかも君ではなく、君の弟になるはずだった存在に」

竜斗は話の内容理解が皆無だった。司郎が何を言っているのか、欠片すらも分から

ない。

　そんな竜斗の様子を感じ取ってか、司郎は話を続けた。

「順を追って話をしよう」

＊　＊　＊

「ちょっと待って？」

　話を遮ったのは康司だった。竜斗は話を止めた。

「今、なんて？」

　呆然とした表情の康司が確認のために聴き直す。

「シロウさんは僕に言いました。転生ではなく、憑依。しかも、僕の弟になるべき存在に憑いたのだと」

　竜斗はそう答えた。

「……俺に言っていた話と違うんだ。親父の言い分が変わっている……」

　康司が頭を抱えると、竜斗が、

「後でシロウさんが言われていたのです。康司さんとあの銭湯やフードコートで話した時は、生まれ変わったんだと思っていたらしいのですが、その後、真実が分かったそうです」

康司は声が出なかったが、代わりに汗が噴き出してきた。ゆっくりとおしぼりで額を拭う。目は虚ろで、先程までの情報を処理している。

「……まさか、ミッシング・ツイン？」

「よく御存じですね。医者や看護師でも知らない人はいくらでもいますよ」

「……父、司郎と話をした時、そう、君の心と身体を乗っ取るという怪奇現象を起こした父と話すという経験をした後、気になって不思議な話をいっぱい調べたのさ。その中にあって、記憶に残ったのがミッシング・ツインだったんだ」

康司は実際に、数々の奇蹟、怪奇現象を本や雑誌、インターネットを駆使して調べた。

自分と似たような体験をした人がいないか、知りたかったからである。もし、似たような体験をしている人がいるのなら、その後どうなったかを知っておきたかった。

だが残念ながら、康司と似たような体験をした記事は見当たらなかった。

それもそうであろう。自分の生みの親が、別人に転生し、しかも前世の人格のまま、自分の前に現れる。もし、他にも体験している人がいるならば、すでに一大事として騒がれているはずである。

近い現象では、数十年前の記事で、前世の記憶を持つ少年の話だけだった。

康司はその後も気になれば暇を見つけ、そのような記事や情報を集めていた。

その中で、なぜか目に留まったのが〝ミッシング・ツイン〟だった。

母体の中で双子として生を受けるが、発育段階で片方にもう片方が吸収されてしまうという現象である。意外と知られていないが、統計では十人に一人ぐらいの確率でミッシング・ツイン現象が起こっているらしい。ミッシング・ツインで生まれた人の中には、幼少期に吸収されたもう一人が見えた、会話ができたなどの体験をする人もいる。

そして今回の場合、竜斗ともう一人生まれてくる予定だった人間がおり、竜斗の母の胎内でその人間が竜斗に吸収される際に、司郎の魂までも吸収してしまったということらしい。それゆえに、あれほどまで強く司郎の人格、意識が残留思念として存在することができたのだ、と。

竜斗は司郎からそのように説明を受けた。

「その親父の話を信じたとして、君は親父の生まれ変わりじゃなかったってことか」

「そうですね。僕も大人になってから色々調べたんですが、前世の記憶がある人っていうのも、実は僕らと同じ体験をした人かもしれません。生まれ変わりとかじゃなくってね」

康司の質問に、竜斗が自分の意見を添えて即答する。

「ははは、輪廻転生説を真っ向から否定って訳だね」

「いや、そうではなく、輪廻転生はあるんじゃないかって思うんです。でも、前世の記憶を持ちながら生まれてくるなんてことはないんじゃないかなぁって。それって、他の人よりも幸せだったり、有利になったりするとは考えられないし、いろんな意味で不公平ですよ。それに、輪廻転生は今回のような偶然ではなく、もっと崇高なもののような気がするんです」

輪廻転生説について話し合ってもキリがないことは康司も分かっていたので、反論はなかった。しかし、竜斗が最後に言った〝不公平〟という単語には耳が引っかかった。

「そうだよね。不公平だよな、そんなの」

そう康司は独りごちて、竜斗の顔を見る。

「ところで知ってるかい？　世の中には公平なモノは三つしかないって」

ちょっとしたブレイクのつもりで康司は竜斗に問うてみた。

竜斗はビックリした表情を見せた後、ニヤリと笑い、

「……命の数と、時間の概念。そしてみんな平等に不平等……ってやつですか？」

と、答えた。康司は竜斗以上に驚いた顔を見せるが、どこか嬉しそうだ。

「あのオヤジ、君にも説教たれてたか⁉」

そう笑うと、竜斗もクスッと鼻で笑った。

「でも、僕は正論だと思いますよ。シロウさんはその言葉を大事にし、心に刻んでいたからこそ、僕の命を自らの命で救ってくれたんです」

この発言の時、竜斗は見たことのない真顔だった。その真剣さに打たれた康司は、

「……自らの命で救った？」

と、竜斗の発言を疑うことなく、どのようなことがあったのかと聴き直した。

「そうです。話を戻しましょう」

＊　＊　＊

精神世界で司郎と話し合った竜斗は、過去に何があったかを司郎から聴き出した。その時初めて、十歳前後の頃に、何度も熱を出したことや、記憶が数分にわたって飛んでいたことの真相が理解できた。

「信じられない……」

竜斗がそう呟くと、

「あぁ、まず誰に言っても信じてもらえない内容だと思うよ」

と、軽い口調で司郎が竜斗の信じられない発言に応えた。

すると、竜斗は怒りを爆発させてこう言った。

「そういう意味じゃありません。ひどいじゃないですか！　じゃ、僕が小さい頃に何

度も熱にうなされ、何回も記憶がなくなってたりしたのは、全部アンタのせいってことかよ⁉」

　相変わらず精神世界の竜斗は威勢がいい。

「……まぁ、そうだと思うよ」

　申し訳なさそうに司郎が答える。

　しかし、司郎もつらいところである。自分が原因であると一〇〇％立証できた話ではない。たぶんそうだと思われるという内容なのに、他の可能性は立証できないから、言われるがままである。

「じゃ、何か？　アンタは俺のプライベートも覗き見してたってことか？」

　竜斗の怒りの矛先が拡大していく。

「全部ではない」

　慌てて司郎が返答するが、

「全部じゃないってことは、いくらかは覗き見たってことだろう？」

「……まぁ、いくつかは……」

「最っ低！　人権侵害だよ、こんなの」

　最後は吐き捨てるかのように竜斗が怒りを顕わにする。

「すまない。でも、私だって見たくて見てる訳じゃ……」

弁解する司郎を遮って、竜斗はさらに捲し立てる。

「それって、四六時中監視されてるってことだよね？　そんな立場になって考えたことあるの？」

司郎はこう言われると弱い。人一倍、そのつらさが理解できるからこそ、極力出てこないようにしていた。偶然、竜斗の心と体を支配した際も、必要最低限ですむように取り計らった。

だからこそ、司郎は聴き返したかった。

——じゃ、君は私のつらさが分かるのか？　望みもしないのに、死んだ後も意識と記憶がある。これがどれほどつらいか想像できるか？

意識と記憶があるのに、自由にできる身体がない。この歯がゆさが理解できるか？　偶然とはいえ、他人の心と体を乗っ取る方法を見出した。この方法を使わないでいようとする理性と、乗っ取りたいと思う欲望との葛藤がどれほど激しいと思う？

乗っ取ろうと思えば、今すぐにでも乗っ取れる自信はあるが、司郎の哲学からして、その行為は自分の今までの生き方を否定することになる。それが分かっているからしなかっただけ。

司郎は竜斗に問い質したい衝動をグッと抑え、唇を噛んだ。

「すまない。本当に謝るしかない」

精神世界で、深々と頭を下げる司郎。

怒りが収まらない竜斗ではあるが、何の反論もしない司郎に、いささかの張り合いのなさを感じた。

「……なんだよ、ペコペコ頭下げちゃってよ。反論でもしてみろよ！」

そう、司郎に吹っかけてみるが、

「……反論はない！」

と、即答する司郎を見て、怒気が失せた。

ちょっとした沈黙が精神世界を覆う。

「……なんで、なんで俺のことを応援してたんだよ？」

怒気が失せてもなお、竜斗はぶっきらぼうな喋り方をする。

「君を死なせたくないからだ」

司郎は、余計なことは口にしない。

「だから、なんでだよ？」

苛立つ竜斗少年は、問い詰めた。

「私自身、ガンで死んだからだ。だからこそ、君には生き抜き、天寿を全うして欲しい。それだけだ」

「……」

竜斗は司郎の返答に、言葉を失った。その沈黙が自分の幼さを認めるようで悔しかったのか、「そんなの偽善だよ」と言ってのけた。

「確かにそうかもしれない。でも、偽善とはそんなことではないんだよ。竜斗君は若いから分からないかもしれないがね」

落ち着いた声で司郎が反論した。

竜斗にしてみれば、司郎が反論してくるとは思ってもみなかったので息巻いた。

「何もできやしないくせに、期待させるようなことを言った時点で、もう偽善なんだよ！」

「それは違う！」

言い返されないだろうと思っていただけに、司郎の気持ちの籠った即答には、竜斗も驚いた。

「な、何が違うって言うんだよ？」

少々の戸惑いが見られるが、竜斗は訊き返した。

「結果として何の成果もあげられないかもしれない。世の中は厳しいから、そんなこともある。それは私の方が君よりもたくさん知っている。でも、誰かのことを真剣に思い、励ます言葉に嘘がなければ、それは偽善なんかじゃない」

司郎はハッキリと断言した。

一切の躊躇のない司郎の意見に呑まれた竜斗ではあるが、何か言い返そうとする。

「でも……」

「じゃ、君の意見からすると、パパさんやママさんが毎日口にする言葉も偽善だと言うのかい？」

司郎が遮った。

竜斗の両親がほぼ毎日見舞いに来て、事あるごとに竜斗を励ましている。確かに父も母もどこかで諦めの気持ちがあるかもしれない。しかし、そんな素振りは一寸さえも見せず、たえず竜斗を励まし続けている。

「……それは……でもっ、母さん達も諦めてるよ。偽善だよ……」

「なら、私が教えてあげるよ」

閉口して勢いがなくなった竜斗が、何か言い返そうとしたが、再び司郎が遮った。

「君は知っているか？　パパさんとママさんが、君が眠っている間に泣きながら祈りを込めて、君の頭を撫でていることを。君が飲む水分一つひとつにどれほどの願いを込めて君に手渡しているかを。面会時間が終わり、帰りの車の中で二人がどれだけ泣いているかを。君はそんなご両親の行為と励ましを偽善だと言うのか⁉」

司郎は知っていた。竜斗の両親の献身を。

竜斗が眠っている時、どのような表情をして竜斗を見ているかをずっと見てきた。司郎には痛いほど、竜斗の両親の気持ちが分かった。子を持つ親としての共感なのか、それとも不思議な能力なのかは分からなかった。

ただ、司郎は共感もあるが、不思議な力が働いていると感じた。

なぜならば、心情が読み取れ過ぎるだけではなく、両親のどちらかの目を通した映像も読み取れるからだ。もしかしたら、いつぞやの康司の時のように、竜斗の両親が竜斗少年に触れていると、心を読めてしまうのかもしれない。

竜斗はここまで言われると声一つ出せなかった。

竜斗自身、父母がその身を削って看病してくれていると分かっている。ただ、それゆえに治らない、治せないかもしれない現状に怒りを抱いてしまう。

今まで行き場のなかった怒りが、はけ口を見付けて噴き出しているのが、今である。

「……なら、治してよ！」

何も考えず、竜斗の口から出たのはこの一言だった。竜斗の心の叫びがそのまま口から出た。

もちろん、反論できなかった司郎に対する意地悪でもあった。

司郎は目を閉じ、息を吸った。

「何でもいいから、ガンを治してよ！」

司郎が堪えたと見るや、竜斗は叫んだ。しかし、司郎の返事は意外なものだった。

「いいよ」

「えっ⁉」

竜斗が息を呑んだ。

「ただし……」

竜斗が、「嘘をつくな！」や「できるわけないだろ！」と言うよりも早く、司郎が続けた。

「チャンスを与えるだけだ。絶対ではない。君が『治したい』とか、『生きたい』って意志を持たなければ治らない。それでもいいかい？」

司郎の鬼気迫るオーラにあてられて、竜斗は腰が引けた。今までとは雰囲気が違いすぎる。

「……本気で……言ってるんだよね？」

竜斗は冗談でも否定形で訊けなかった。

「もちろんです！」

竜斗には司郎が右のこぶしを左胸につけるジェスチャーが見えた気がした。

「君の意志がすべてです。この後、急激に変化が訪れ、君の身体に異変をもたらすでしょう。ただ、それがどれほどの痛みを伴うのか、私にも分からない。言ってしまえば、痛いのかどうかも分からない。でも、変化は起こります。その変化を乗り越えて、『治したい』と、『生きたい』と願い続けてください。そうすれば、きっとチャンスを活かせます」

鬼気迫る雰囲気の司郎は、熱く語った。まるで、己の命を削るかのような喋り方だった。

司郎の説明を聴き終えた時、竜斗は泣きながら懇願した。

「生きたい！　生きたいよ！　治るんだったら何だってする。だから、チャンスをください！」

ここにきて、急に司郎の雰囲気が優しくなった。寂しげな微笑みを浮かべている。

「分かりました。ならば、チャンスは君に預けます。その代わり、お願いがあります」

竜斗はそう聞いて、「何ですか？　何だってします」と即答した。

司郎は少し照れながら、

「もし、君が生き延びたなら、二つ伝言をお願いしたいんです。それは……」

司郎と竜斗の間で会話が交わされる。

竜斗は何度も確認すると、

「分かりました。もう覚えました。絶対に忘れませんし、必ず伝えます」

と、司郎に応えた。

「えぇ、ではお願いします」

司郎はそう言うと頭を下げた。


「では……」

そう言った途端に司郎は、ゆっくりと輝き出した。

「竜斗君。本当に今まですまなかったね。でも、これだけは言わせてくれ。君の体に憑依して十数年。本当に貴重な体験をさせてもらったよ。まさに第二の、いや、一・五番目の人生だったよ」

司郎が語り出した内容に、竜斗は驚いた。そして悟った。

司郎が別れを告げていると。

「え、待って！　どういうこと？　なんで急にそんなこと言うの？」

竜斗が言うそんなこととは別れのことである。

「これも教えておいてあげる。世の中は no pain no gain だ。たとえ、こんな世界でもこの法則からは逃れられない。それに、いい勉強になったね。覚えておきな。幸も不幸も、突然やって来るんだよ！」

そう笑いながら言う司郎の身体から放たれる輝きが、徐々に大きくなってきた。

「え、でも。シロウさん、死んじゃうの？」

必死に状況を理解しようとする竜斗が叫ぶ。

「死ぬって、もう僕の肉体はすでに死んでるよ。そして、僕の魂は、あるべき場所に還るのさ」

「そ、そんなぁ」

竜斗は司郎の言葉から理解した。

自分を生かすための機会を司郎が命がけで与えているのだ、と。そして、自分は知らず知らずに人身御供を差し出せと言っていたのだ、と。

「竜斗君、気にしないで。これは君への贖罪みたいなものさ。そう、迷惑料だね」

少し間を置いて、司郎は続ける。

「僕はずっと思っていたんだ。人生で平等なのは三つだけだと。命の数と、時間の概念。そして、みんな平等に不平等だと」

竜斗は聴き入っている。

「それなのに、自分だけがその理(ことわり)を脱してしまっているのではないかってね」

司郎だけが命の数が０コンマ５多いと言いたいのであろう。司郎から放たれる輝きが大きくなるほど、司郎は顔を歪め、汗をかき始めている。

しかし、そんな時でも、竜斗に話しかける時は無理に笑顔を作る。

「それにね……思うんだ」

司郎がこう語っている時には、竜斗はすでに泣き崩れていた。

「もしかしたら、この一・五番目の人生は今日この日のためにあったんじゃないかって。君が助かるかもしれない、そのチャンスに懸けられるのならそれもいいかってね」

苦しさを紛らわして、司郎は右目を大きく開け、左目を細めるジェスチャーを竜斗に見せた。

「シロウさんっ！　シロウさん、ごめんなさいっ！」

竜斗は泣きながら力一杯叫んだ。ただ、何に謝っているのかは本人も分かっていない。

「あ、謝らなくてもいい。さぁ、その叫び声を力に変えるんだ。大声で叫べ、竜斗！『生きたい』と！」

竜斗すらも、司郎の輝きが包み込んできた。

竜斗はその輝きに気を取られ、何も言えなかった。ただ、不安に思っただけだった。

「竜斗！『生きたい』と力の限り叫ぶんだ！」

急すぎる展開についていけなかった竜斗だが、司郎の気迫に押されてお腹に息を溜めこんだ。

「生きたい～！」

竜斗が叫び出した。

「そ、そうだ、その調子だ！」

つらそうな表情でも笑顔を忘れない司郎が煽る。

「もっと、もっと言ってやれ！」

「はい！　俺は生きたいぞ～！」

竜斗は絶叫する。

このやり取りを数回交わしているうちに、ついに竜斗は司郎から放たれる光に包まれた。そして、辺り全体が輝きに満ち溢れた。

遥か遠くから、何かが迫ってくるような感覚がした。

竜斗は遠退く意識の中で、司郎の最期の声が聞こえた。

「りゅ、竜斗君。後は君次第だ……。もし、君が生き延びた時は、私との約束を……頼んだ……よ」

竜斗が最期に見た司郎は手を挙げ、光に包まれながら笑っていた。

＊　＊　＊

竜斗が気付いたのは、次の日の朝だった。竜斗は自分の頬に涙の跡があるのに気が付いた。でも、ただの夢だったのではないかと落胆した。

しかし、不思議なことに、昨日までの重さやだるさを身体に感じない。どうしてだろうと気になっていたので、朝早くから世話をしに来た母に伝えてみた。

そう言われると、竜斗の顔色がいつもよりも赤みがかっていると不思議そうな顔をしている。

担当の看護師にそのように伝えると、看護師が熱と脈を計り出した。その結果を見て、看護師が慌てて病室を出た。

今度は看護師長が急ぎ足で現れ、検温しなおし、脈を取り直した。体温も脈拍も、間違いなく、平均値に近くなっている。ここ数日の竜斗の容態からすると考えられない。

これはもしやと、担当の医師に相談し、血液検査を行い、ＣＴを取り直す。

すると、驚きの結果が出てきた。

「医師の見解からすると、全くもって不可解ですが、ガンの進行が後退しています。今ならば手術でき、間違いなく治せます」

と、医師は首を捻りながら頭を掻いた。

竜斗の両親はベッドの竜斗と抱き合って泣いた。

その後の展開はあっけないほどに順調だった。緊急の手術が行われ、問題なく腫瘍部分を摘出。他の部分への転移もなく、竜斗は手術室から奇蹟の生還を果たした。

その後は、薄皮を剥がすように日に日に容態が良くなっていき、十日後には歩行のリハビリが始まった。

医師や看護師が驚くほどの回復力で、竜斗は治癒していく。

執刀を務めた担当医師が巡回の度に、

「こんな奇蹟は長い医師生活の中で初めてです。普通なら、若い竜斗さんなら癌の進行は若さに比例して速くなるんです。それが、止まるどころか、後退していた。僕は何度も目を擦りましたよ、信じられないと」

と、竜斗の両親に語る。

「その上、手術後は凄まじい回復力。これこそ若さです。ここに我々が理解できない矛盾が生まれる。とても説明が付かない。先輩の医師にもＣＴを診てもらったんですが、驚愕でしたね。声も出なかった。もう、奇蹟が起こった、いや、竜斗さんが奇蹟を起こしたとしか考えられない」

担当医師は決まって最後は笑顔でこう言う。そして笑顔でこう尋ねる。

「竜斗さん。何かしました?」

すっかり顔色の良くなった竜斗は、

「いえ、僕は何も。ただ……」

と、一旦息を吸い込んだ。

「ただ……?」

担当医師が興味深げに前に寄った。

そばで聞いていた竜斗の両親も竜斗の顔を覗き込んだ。

「……父さんや母さん、そしていろんな人のお陰で助かったのかなって」

竜斗の答えに、その場がわっと明るくなった。

担当の医師や看護師は微笑み、竜斗の両親は涙した。

「本当に、本当にありがとうございます」

深々と頭を下げた竜斗を見て、自然と拍手が起こった。

担当医師が竜斗の肩を叩き、

「一〇〇点満点の答えだね。君は、助かるべくして助かったんだと分かったよ。これからは、君の人生を全うしてくださいね」

と、励ました。すると、竜斗は意を決したように頷き、

「先生。僕、決めました。将来は、看護師になって、僕と同じように病気で苦しむ人

を励ましたいんです」

と、宣言した。

ベッドの傍ですすり泣いていた竜斗の両親は号泣しだした。

担当の看護師も涙を拭き取った。担当医師だけが怪訝な顔をして、

「素晴らしい。でも、なんで医師じゃないの？」

と笑いを誘うと、竜斗はキッパリと、

「だって、看護師の方が深く関われるじゃないですか。先生はあまり来てくれない」

自分の意見を言った。病室に笑い声が響くと、医師だけが、

「いや、これも仕事というか、役割というかでね……」

と、独りごちていた。


この会話が交わされてから数日後、竜斗は無事に退院する。しかし、竜斗は両親、あの父にさえも、司郎とのやりとりについては話さなかった。

康司と司郎が過去にどれだけ苦労して、竜斗親子の関係修復に尽力したかも聴いて理解できたし、何より、喋ったところで誰も信じないだろうと思ったからである。

ただ一度だけ、竜斗は両親に語ったことがあるのは、「実はあの日、夢を見たんだ。

その夢の中で、『生きたい』って何度も叫んで、強く願ったんだ。そしたら、気が付いた時には朝だった」と、だけである。

＊　＊　＊

その後の竜斗の看護師になるまでの経緯は簡単な説明だった。

高校を留年しながらも、必死に勉強して四年で卒業。その後は看護学校へ通う。学びながらご奉公ができる実践的な病院付属の看護学校へ入り、無事に看護師の資格を取得する。

そのままその病院で数年勤め、今の病院に職場を変えたという。職場を変えた理由も簡単だった。

「僕が手術を受けた、シロウさんに会ったのが、今の病院だからです」

康司はハッとした。そして、竜斗は康司の表情を読み取ってこう言った。

「そして、今日、この病院で康司さんと再会できました」

この再会も、父司郎の想いがなし得た奇蹟なのかと思うと康司は声が出なかった。

「何て言うか、僕はそんな気がしてました。康司さんと、この病院で会うんじゃないかって。もちろん、癌が治ってからも、看護師になってからも康司さんに遇えないかと捜したんですよ。でも、なかなか手掛かりも掴めなかった。なのに、不思議ですね。

てましたから」

雑誌で康司さんを見た時、全然、焦らなかった。心のどこかで、また会えるって思っ

竜斗は静かに微笑むと、一筋の涙がこぼれた。

「ホント、シロウさんのお陰です」

数分間、二人は言葉を見付けられなかった。

康司が静寂（しじま）を破った。

「わ、私も、あれ以来、仕事が忙しくなったり、結婚して引っ越したりしてたけど、竜斗君とパパさんには会えないものかと、ずっと気にしてたんだ」

康司の言葉を聴いて、今度は竜斗が口を開いた。

「実は、あのアパートまで行ったんですよ。癌が治ってすぐ。リハビリがてら自転車で。でも、もう康司さんは住んでなかった。もう結婚されてたんでしょうね」

ふふっと竜斗が笑うと、康司もつられて微笑んだ。

康司は次の瞬間、意を決したように鼻をすすって座り直した。背筋をピンと伸ばし、両手を両膝の上に置いた。

「竜斗君。では、父司郎からの伝言を伺いたい」

真剣な顔つきの康司に感化され、竜斗も佇まいを直した。

「はい。では」

大きく深呼吸をする竜斗は笑みをこぼして、

「これで、僕の宿題は終わりますね」

と、右目を大きく開け、左目を細くした。

「シロウさんが言ったように言いますね」

「お願いします」

竜斗は一つ咳払いをして喋り出した。

「お前には迷惑をかけたな。本当にすまないと思っている。でも、俺の窮地を救ってくれるのは、お前しかいないと思っていた。そしたら見事に、俺と竜斗君を救ってくれた。本当に、本当に感謝している。ありがとう。お前が息子で良かった」

竜斗は話し終えると、無言で微笑んだ。

康司の方を見ると、泣き崩れている。

「うぐっ、うぅ。あ、ありがとうございます」

康司は泣きながら両手を差し伸べた。竜斗は応え、両手を差し出して固く手を握り合った。

もうすでに康司は涙と鼻水でぐちゃぐちゃで、まともに話せる状態ではなかった。

「康司さん、大丈夫ですか？」

竜斗が質問すると、康司は呻き声を上げながらウンウンと何度も頭を振る。

「シロウさん。本当はもっと言いたかったんだろうけど、僕が覚えられるように短くしたんだと思います。そこは申し訳なく思っています」

竜斗がそう謝ると、今度は康司の頭が左右に揺れた。

その左右の揺れが収まった時、竜斗は少し困った様子で喋り出した。

「実は、もう一つ伝言を預かっているんです。正確には、司郎さんが預かった伝言が。これが二つ目の伝言なんですけど、お伝えして大丈夫ですか？」

確かに、竜斗がした精神世界での会話でも、二つの伝言と言っていたのを康司は思い出した。

「……だ、だれ……から？」

康司が必死に声を出して訊くと、竜斗は出し惜しみするかのような顔で、

「でも、ホント、死後の世界ってどうなってるんでしょうね？　何でもありかと思っちゃいますよ」

と、話を逸らした。しかし、竜斗がそう思うのも無理がない伝言だったのである。

「……？」

康司は鼻をすすりながら竜斗の顔を覗き込む。

「アカネさんからです」

康司は心臓を打ち抜かれたかと思うほどの衝撃を受けた。

「……あ、あかっ、茜？」

息も絶え絶えに喋る康司は驚きのあまり、握っていた両手を離した。

「そうです。奥様だった、アカネさんからだそうです」

康司は竜斗との会話で、一度も茜の名前を出していない。

大体、父司郎が知っていることさえも、時系列で考えた時に説明がつかない。父司郎が死に、竜斗親子との一件があったその一年半後に康司は茜と結婚している。だから、父司郎の口から茜の名が出ること自体が、考えられない、有り得ない事態である。

しかし、今まで散々、奇蹟の出来事を語ってきた二人である。竜斗がここにきて、嘘をつくことも考えられない。

康司の心臓の鼓動が速くなる。自分でその鼓動が聴き取れるぐらいに頭の中に鳴り響いている。

「シロウさん曰く、アカネさんが亡くなってすぐ、あっちの世界に向かう途中にお会いしたそうです。きっとシロウさんのことだから、『康司の父です！』なんて挨拶に行ったんでしょうね」

と、苦笑した。有り得ると康司も思ったが、声に出せなかった。

「ホント、康司さん。失神しないでくださいね。お願いしますよ。今から伝えますからね」

苦笑いのままで心配そうに康司の顔を竜斗が覗き込む。康司が目に力を入れて頷くと、竜斗がコクンと頷いた。

「『愛してくれてありがとう。一緒にいられた時間は短くて、あなたには申し訳ないけど、私、本当に幸せでした』と、最後に伝えようとしたんだそうです」

茜が息を引き取るその瞬間、かすかに動いた唇の記憶が鮮明に蘇った。康司はもう、座っていられなかった。

妻の茜の死後、何もしてくれなかったと恨まれているのではないかと、眠れないこともあった。もっとそばにいて欲しかったと思わせたのではないかと心が締め付けられることもあった。そもそも、康司と結婚したこと、出会ったことさえも後悔させているのではないかとまで考えが広がった時期もあった。

それらの後悔が、今、霧のように晴れていく。己への嫌悪感から解放されると、康司はテーブルに突っ伏し、声を殺して泣いた。

竜斗はそっとハンカチを差し出し、

「ちゃんと洗ってある綺麗なハンカチです。使ってください」

と、康司の肩に手を添えた。

拭いても拭いても溢れ出す涙で声も出ない康司は、ただただ頷いてはハンカチを手に取った。

竜斗はそのまま、康司が泣き止むまで傍にいた。康司は約五分後に泣き止むとすぐに、

「ありがとう……、本当にありがとう」

そう感謝の気持ちを口にした。その想いは、亡き父、亡き妻、そして竜斗の三人への感謝だった。

＊　＊　＊

康司と竜斗は店を出た。会計の際、男泣きに目を腫らした康司に気付いた店員が、店長まで連れてきたが、

「嬉しい再会と報せがあってね」

と、康司は恥ずかしそうに微笑んだ。

店を出て、駐車場に停めてある社用車に向かうと、竜斗が立ち止まった。

「康司さん。僕はここで失礼します。駅がすぐそこですし、家も駅から徒歩五分ですから電車で帰ります」

「いや、送って行くよ」

「ご馳走になった上に、家まで送ってもらったんじゃ、流石に明日からの看護に影響出ちゃいますよ」

竜斗は肩をすくめて笑った。

「そうかい……」

これ以上はただの接待になってしまうかもしれないと康司も思ったので、もう引き留めなかった。

何より、康司の心が不思議な満たされ方をしていて、ただただ素直に応じるしかできなかった。

「それにしても、素敵なお父様ですね、シロウさんって。冗談好きだけど、信念があるっていう感じですかね」

竜斗は本心を語り出した。

「身体を乗っ取られたって聞いた時は、コノヤローって思ったんですけどね。たった一回の会話でしたけど、康司さんからの話も聞けて、なんとなくお人柄が分かった気がします」

康司は自分が褒められているような気がしたが、照れながら、

「単なる冗談好きの頑固者だよ。確かに、仕事もできたみたいで、頭も良かったらしいよ。他人の話によるとね。まぁ、息子からしたら堪ったもんじゃなかったけどね」

と、減らず口を叩いた。

「ははは、オヤジなんて、みんなそうでしょう？　息子からしたら、いつまでも子ども扱いされる鬱陶しい存在ですよ。うちのパパも、未だに心配症ですから。もう、大人やっちゅうねん」

竜斗はわざと関西弁で突っ込んでみせた。竜斗の意見に同意したのか、康司は笑みをこぼして頷いた。

康司と竜斗の間に一瞬の間が生まれた。何気ない会話で終わらせ、踵を返すつもりだった康司だが、思わず、

「本当に今日は驚いたよ。竜斗君に再会できたこと。父司郎とのやり取りが聴けたこと。そして、茜の言葉が聴けたこと」

と、言ってしまった。竜斗は静かに首を横に振ると、

「僕は何もしてません。全部、シロウさんですよ。良いことも、悪いことも、ぜ〜んぶシロウさん！」

と、顔を笑いながら顰めた。

「ははは、たしかに、全部オヤジのせいだな。僕らは、揃って被害者ってところかな？」

康司が同調する。

「被害者は康司さんだけ。僕は救われてますから」

と、竜斗は手のひらを返した。

「あ、ずるいなぁ。俺だけ悪者みたいじゃないか。今晩、枕元に立たれて眠れないかもしれないじゃないか⁉」

「うわぁ～、本当に起こりそう。こわ～い」

竜斗は両手で腕を擦った。二人は大きな声で笑い合うと、お互いを見た。

康司が言い出そうとしたが、先に竜斗が喋り出した。

「でも、僕自身、今日まで信じられませんでした。シロウさんのことも、シロウさんが託した伝言も。それどころか、瀕死の状態で見たのも単なる夢だったんじゃないかって何度も思いました」

竜斗は心の赴くままに、心情を語っている。

「……だろうね、普通」

自分以上に不思議な体験をした竜斗に同情する康司は、そう応えた。

「今日、康司さんから話を聴いて、『あ、本当だったんだ～』って、何度も思いました。そして、シロウさんのお陰で、今の僕があるんだなって実感しました」

「それは違うんじゃない？」

竜斗の言葉に、康司が疑問を投げかける。

「父司郎が言っていたはずだけど、父は君に機会を預けただけだろ？『病気を治したい』『生きたい』って思って頑張ったのは君自身のはずだ。それに、リハビリも大変だったろう？　その上で看護師の免許まで取ったんだろう？　それは父のお陰じゃなく、竜斗君の力さ」

虚を突かれたような表情をする竜斗だが、次の瞬間にはクスクスと笑い出した。

「どうしたの？　何かおかしかった？」

何を笑われたのか理解できない康司は毅然と問い質す。

「……いえ、何て言うか、康司さんならそう言うだろうなって思ってたら、まさにその通りだったもんで。思わず、つい。やっぱり、シロウさんの息子さんですね」

竜斗に言われて、康司は胸を張った。

「そうさ、私は司郎の息子さ。まだまだ親父の背中には程遠いけどね」

そう言って胸を張れる康司を憧憬の眼差しで竜斗が見つめる。

康司も誇らしげな笑みを浮かべ、コクンと頷いた。

「今日は、本当にありがとう。明日から、母をお願いします」

康司がこの再会を終わらせようとすると、

「こちらこそ、ありがとうございました。ホント、美味しかったです。ご馳走様でした。ご家族さんのことは、今日とは関係なく、しっかりと看護させていただきます」

そう竜斗は応じて、右手を差し伸べた。康司は、おっ？　と軽い愕きを見せたが、すぐさま笑顔で握手に応じた。固い握手だった。

二人は一度振り返ると、二度とお互いを見直さなかった。康司は社用車に乗り、竜斗は駅へと向かった。

ただ、二人は同じように、星空を眺めていた。康司は信号待ちの車から。竜斗は終電待ちの駅のホームから。そのタイミングが、全く一緒だったことを二人は知らない。

エピローグ

時は流れて約一か月後。康司の母が退院する日がやってきた。

康司は仕事で動けない姉夫婦の代わりに、姪と共に病院まで迎えに来ていた。

病室には、すっかり帰り支度を終えた母が、他の入院患者と話し込んでいた。

母の性格からか、周りの入院患者から信頼を寄せられていた様子で、同世代の女性だけでなく、歳の離れた若い男性までもが退院のお祝いに駆けつけている。

部屋に着くなり、姪が、

「うわっ、おばあちゃん大人気だね」

と、驚いてみせた。しかし、入院中からこのような状態だったので、想定内ではあるようだった。

「ふふ、母さんの凄さだね」

入院中、ニコニコ笑顔を絶やさず、話しかけられると嫌味なしに論点をズバッと言い切る康司の母は、両極端ではあるが、好かれる人には大いに好かれた。その結果が、この人溜まりである。

さて、どのように声をかけたものかと思い悩んでいた康司と姪の後ろから、

「はいはい、皆さん。名残惜しいのは分かりますが、これではお母さんが帰れませんよ。息子さんとお孫さんが声かけられずにお待ちです」

そう言って、竜斗が現れた。

あの日以来、康司は竜斗とは患者の身内と看護師の立場を守った。それゆえ、司郎の話などは一切していなかった。

どちらから言い出して約束したわけでもないが、自然とそうなっていた。

「おばあ様は、すっかりこの病棟の『お母さん』になってしまわれましたよ」

と、竜斗は姪に伝えた。姪は嬉しそうに笑った。

人垣をかき分けて、竜斗が康司の母の元まで行くと、その後を康司と姪が歩いていく。

「みなさん、本当に母がお世話になりました。お陰様で今日、退院させていただきます」

頭を下げながら康司が母の横に辿り着く。姪も、歩きながら頭を下げている。五、六人の患者が康司の母に声をかけていて、とても話にならない。

その状況を見て、竜斗が再び喋り出した。

「みなさん。もうご家族さんも来られていて、退院の手続きも終わっています。ここは一先ず、お家でゆっくりしてもらいましょうよ。ね？」

それでも病室から離れようとしない患者達だったが、康司の母が嬉しそうに喋り出した。

「みなさん。本当にありがとうございます。今日は孫も迎えに来てますので、これにて失礼いたします。でも、必ずお見舞いに来ますからね」

そう言って、一人ひとりに挨拶すると、毅然と歩き出した。本人の希望で、車椅子は使っていない。入院中は熱心にリハビリに励み、むしろ筋肉が若返ったと竜斗が舌を巻いていた。

母の横には姪が付き添っており、ぎゅっと手を握っていた。取り残された康司は、荷物を手に取ると見送りに来た患者達に頭を下げ、病室の入り口で竜斗と向き合った。

「本当にお世話になりました。ありがとうございます」

「いえいえ、こちらこそ、お母様の溌剌とした立ち居振る舞いと熱心なリハビリには改めて勉強させていただきました」

お互い、笑顔で語り合う。

「どうやら、看護師やリハビリの先生にかなりご迷惑をかけたそうで?」

「ははは。確かに熱心でしたね。お母様はいつも『また山に登るんだ』と、意気込んでおられました。ですが、その熱心さが他の患者さんに良い影響を与えていたのも事実です。我々がいくら説得してもリハビリに取り組めなかった患者さんに対して、優しく、同じ立場で声をかけてくれたり、一緒にリハビリしたりと我々も助かりました」

竜斗の顔が一層笑顔になる。

「それで、あんなにも見送りの方が……」

苦笑いで康司が、今なお母親の後ろ姿を見送る患者達の方に目を向けた。

「そうですね。だから他の患者さんから『お母さん』って呼ばれるようになったんでしょうね。本当に、こんなに退院が名残惜しい患者さんは初めてです」

歯切れよく竜斗が康司の問いに答える。

ここで、ふいに沈黙が訪れた。

康司も竜斗も、何か言いたげで、でも、言うことを躊躇っている。それがお互いに分かるため、余計にタイミングを探り合っている。

沈黙を破ったのは、康司の深呼吸だった。鼻から大きく息を吸って、一秒溜め込み、尖らせた口から長く息を吐き出した。

「……やめておこう」

そう笑顔で言った康司に、「そうですね」と、竜斗が笑顔で即答する。

ふふふっと二人が含み笑いを浮かべると、足を康司の母と姪が待つエレベーターホールに向けた。

退院に必要な手続きを終え、康司、康司の母、姪、竜斗の四人は総合病院の玄関にまで出てきた。

母が姪と共に、竜斗に感謝を述べている。もう、何度目になるのだろうか。康司は助け舟のつもりでその会話の中に入っていく。

「母さん、看護師さんをこれ以上引き留めたら駄目ですよ。他の患者さんが待ってますから」

竜斗は苦笑いを浮かべ、

「そうですね。そろそろ戻らないと、師長に怒られちゃいます」

と、話を合わせた。

名残惜しそうな母だったが、諦めて姪と共にベンチに腰かけた。荷物は姪が抱えている。康司の車を待つためだ。

「ちょっと、待っててくださいね。車、回してきますから！」

少し離れた母と姪に康司が伝える。

康司はじっと竜斗を見た。そして、康司から右手を差し伸べた。竜斗はそれに応える。二人の両手が固く握手で握り交わされた。

「ありがとうございました」

「こちらこそ、ありがとうございました」

——……あり……が……とう。

康司はハッと目を見開いた。

右手はそのままに、左手を自分の耳に添えた。

「どうされました？」

竜斗が心配そうに尋ねた。

今、康司の耳に、小さいながらも声が聞こえたように思えた。聴き取りにくかったし、竜斗の声とも被っていたので断言はできないが、確かに聴こえた。

第三者の声で『ありがとう』と。第三者と言っても、この場合、父司郎しか考えられない。

しかし、竜斗の話からすれば、竜斗を癌から救うために消滅したはずである。

――そのはずなのに……。

康司は混乱した。ここにきて、まだ不可思議なことが起こるのかと心が乱れた。頭の中が真っ白になったが、その真っ白の中に残ったのが先程の言葉だった。

『ありがとう』

康司は心配そうに覗き込む竜斗にこう返した。

「いや、なんでもない。ただの空耳だよ」

そう康司の言葉を聴いた竜斗は嬉しそうに笑った。

「……じゃ、僕が聴いたのも空耳ですね」

康司は目を大きく見開いた。二人は同じ声を聴いていたのだ。司郎、最期の声を。

奇蹟を共有した二人は強く手を握り合い、笑い合った。

そんな奇蹟が起こったとは露ほども知らない康司の母と姪が、

「ちょっと～、まだ～。早く帰りましょうよ～」

と、愚痴をこぼし始めたのだった。

終幕

著者プロフィール

はなぶさ　皐月（はなぶさ　さつき）

関西出身

大学卒後、一般企業に就職

その後、医療・教育・福祉分野に転職

現在はがん患者支援、難病支援、障がい者支援、高齢者支援など多岐にわたって活動中

爾今奇譚（じこんきたん）　或る家族の物語　再会

2023年２月15日　初版第１刷発行

著　者　はなぶさ 皐月

発行者　瓜谷 綱延

発行所　株式会社文芸社

〒160-0022　東京都新宿区新宿１－10－１

電話　03-5369-3060（代表）

03-5369-2299（販売）

印刷所　株式会社暁印刷

ISBN978-4-286-28025-7